그랜드슬램 12

자미소 장편소설

초판 1쇄 찍은 날 § 2017년 8월 10일
초판 1쇄 펴낸 날 § 2017년 8월 17일

지은이 § 자미소
펴낸이 § 서경석

편집책임 § 김슬기

펴낸곳 § 도서출판 청어람
등록번호 § 제387-1999-000006호
등록일자 § 1999. 5. 31
어람번호 § 제1-2745호

주소 § 경기도 부천시 부일로 483번길 40 서경B/D 3F (우) 14640
전화 § 032-656-4452 팩스 § 032-656-4453
http://www.chungeoram.com
E-mail § chungeorambook@daum.net

ⓒ 자미소, 2016

ISBN 979-11-04-91419-5 04810
ISBN 979-11-04-91038-8 (세트)

C O N T E N T S

Chapter 95

Mixed Double

"내 새끼들……."

한민지와 진희의 모친은 둘을 만나자마자 껴안고 난리를 떨었다.

자식들의 우승 소식을 한국에서 전화로 들을 수밖에 없었던 것에 울화가 컸는지, 그 반대급부로 영석과 진희를 격하게 환영했다.

"다녀왔어요."

"…배고파."

영석과 진희는 그렇게 자신들의 가슴팍에 안긴 어머니들을 토닥이며 인사를 건넸다. 안아오는 힘이 어찌나 강했는지, 갈비뼈가 아플 정도였다.

"얼른 가자."

이현우가 다가와 선글라스와 모자를 건네고는 일행을 이끌고 밖으로 향했다.

인천국제공항에서의 일이다.

$$* \qquad * \qquad *$$

한국에 온 이유는 단순하다.

복식에 대해 조금 더 전력을 다하기 위해서다.

펑!

팡!!

끽, 끼긱, 끼기기긱!

"좀 더 빠르게! 페어의 움직임을 눈으로 인식하지 마. 늦는다."

김태진 감독의 호통을 배경음악 삼아, 영석과 진희는 계속해서 몸을 놀리고 있었다. 라켓은 들고 있었지만, 공은 치고 있지 않았다.

후웅—

라켓에 커버를 씌운 채, 허공에 빈 스윙을 하고 있는 둘의 온몸은, 땀으로 샤워를 한 듯, 푹 절어 있었다.

끽, 끽!!

흥, 후웅!

김태진의 말대로, 둘의 움직임은 살짝 미묘하게 어그러져 있었다.

문외한의 눈에는 현란하기 짝이 없어 보일지 모르겠지만, 전문가들의 눈에는 약간의 흐트러짐이 보였다. 아직 호흡이 그리 탁월하게 맞는 편은 아니라는 방증이다.

　"으아~~ 더워!!!"

　한 세트가 끝나고 나자 진희가 포효를 하며 성질을 내기 시작했다. 강춘수가 얼른 다가와 둘에게 차가운 물로 적신 수건을 건넸다.

　탁—

　"에헤이. 왜 벗고 그래?"

　다급하게 옷을 벗어젖히려는 진희를 말린 영석이 차분한 신색으로 진희의 얼굴과 팔다리를 닦아주었다.

　"더워 죽겠어……."

　진희가 울상을 짓자, 영석은 새로운 수건을 탈탈 털어서 진희의 목에 얹어주었다. 마치 아이스크림이 녹듯, 진희의 표정이 흐물흐물해진다.

　"한국 여름이… 조금 심하긴 하지."

　7월 초이지만, 벌써부터 30도에 육박하는 후덥지근한 날씨 덕분에 훈련하는 영석과 진희도, 지켜보고 있는 김태진 감독과 최영태 코치도 모두 울상이었다. 그나마 한 가지 다행인 점은 실내라는 것이었다.

　"에어컨 켤까?"

　명색이 국가 대표가 훈련하는 시설. 에어컨 정도야 켤 수 있다.

혀를 빼물고 열을 식히고 있으면서도 에어컨을 켜자는 말엔 고개를 단호하게 젓는 진희가 손가락을 꼽아본다.

"훈련할 때 인위적인 환경은 좀 그래. 끝내고 쉬어야지. 가만 보자… 몇 세트 남았지?"

"……."

자기 자신에게 엄격하기란, 이처럼 사소한 것에서부터 굉장히 어려운 일이다.

그것을 늘 철통같이 지켜내는 진희의 모습이, 영석은 참으로 좋았다.

*   *   *

영석과 진희가 혼합복식 페어를 이룬다는 소식은, 대한민국을 뜨겁게 달궜다. 특히 테니스 동호인들에게 더더욱 관심을 받았다.

"으잉? 어쩐 일로 이런 인터뷰를……?"

보통은 우승 후에 인터뷰를 하는 편인데, 박정훈은 '이영석과 김진희의 복식?'이라는 타이틀을 갖고 기사를 쓰겠다고 했다. 얼마 전에 윔블던 우승 인터뷰까지 마쳤는데 말이다.

"뭐… 한국이니까."

박정훈이 담담하게 답했다. 그리고 그 답은 어이없게도 완벽한 이유가 됐다.

한국.

한국에서는 단연코 복식이 훨씬 더 많은 관심을 받는다.

프로의 세계에선 단식이 최고라 치부되지만, 동호인의 세계에선 복식이 최고로 취급받는다.

여러 가지 이유가 있을 것 같지만, 대표적인 이유는 딱 한 가지다.

—동호회의 99%는 복식 경기를 위주로 하기 때문.

테니스 코트는 축구장과 비교하자면 그리 크지 않지만, 혼자 플레이해야 한다는 점에서는 꽤나 힘든 편이다. 단식 선수의 한 경기 총 이동 거리는 약 10~15㎞ 정도로 다른 종목과 마찬가지로 많이 뛴다. 중장년층이 즐기기엔 굉장히 힘들 수 있다.

라켓은 라켓대로 발전하여서 공의 속도는 빨라지는데 몸은 느려지게 되는, 슬픈 현실(?)이 있기도 하다.

그리고 '코트는 한정되어 있고, 플레이를 원하는 사람은 많다'는 엄청난 현실 앞에서 코트 한 면에 네 명이 들어갈 수 있는 복식이 인기를 얻은 것은, 어찌 보면 당연한 일이기도 하다. 네트 스포츠는 거의 다 테니스와 비슷한 양상을 보인다.

"그러다 보니… 테니스 동호회는 복식 위주로 흐른다. 라는 식으로 일단 도입부를 깔 거니까, 두 선수는 아시안 게임에 대해서 잠깐 언급해 주고, 현재 훈련을 하면서 느끼는 점, 이번 올림픽에 대한 포부까지 짤막하게 말해주면 돼."

박정훈의 옆에는 신입 사원인지 한 남자가 딱딱하게 굳은 자세로 긴장이 역력한 얼굴을 하며 카메라를 만지작거리고 있었다. 김서영은 김서영 나름대로의 위치(?)가 있어 최소한 한국에서는 단독으로 자유롭게 움직일 수 있다는 쓸데없는 설명과 함께 소개받은 사원이다.

"그럼 우리 장소 좀 옮길까요? 너무 덥네요."

훈련을 마치고 씻었지만, 잠시 동안 앉아 있는 것만으로 다시 땀이 맺히기 시작할 정도의 날씨, 진희는 거의 축 늘어져 영석에게 기댄 채로 아무 말도 하지 않았다.

박정훈은 쓰게 웃으며 고개를 끄덕였다.

* * *

끼릭.

펑!!

끼릭, 끼릭!

툭, 툭, 펑!

"…잘하네."

진희가 진중한 눈빛으로 코트를 바라보며 중얼거렸다. 영석도 고개를 끄덕이며 동의했다.

'걱정이 많았는데… 필요 없는 일이었군.'

베이스라인 뒤편엔 금발 벽안의 외국인들이 이런저런 얘기를 나누고 있었다.

영석과 진희가 붙여준 코치진이다.

펑!!

시원한 타구음과 함께 훈련의 방점을 찍은 태수가 상의를 홀러덩 벗어 들고는 휠체어에서 일어났다.

"형, 누나!"

힘든 훈련이었음에도, 구김 없는 미소를 짓고 걸어오는 태수의 모습이 영석은 참으로 기껍게 보였다. 그 뒤로 나래가 휠체어를 끌며 따라왔다.

"오올, 국가 대표님!"

진희가 태수의 머리를 쓰다듬으며 치켜세우자 둘의 얼굴이 붉어진다. 태수와 나래는 2004년 아테네 패럴림픽에 국가 대표로 참여하게 되었다. 나이를 생각하면, 참으로 영예로운 일이 아닐 수 없다.

"국가 대표… 되게 기분 좋네."

대답하는 태수의 표정에서 부끄러움이 느껴졌다.

"……."

영석은 차분히 태수의 몸과 나래의 몸을 스캔했다. 주로 팔과 어깨, 그리고 손아귀를 봤는데, 또래에 비하면 월등했지만 세계를 기준으로 하면 그렇지 않았다.

휠체어 테니스는 결코 만만한 세계가 아니다.

패럴림픽 종목 중 가장 수준이 높다고 평가받는 종목이기 때문이다.

'전문성'에 있어서 패럴림픽이 아닌, 올림픽의 종목들과도 견줄수 있다.

'쿠니에다는 아직일 테고… 에스더는 한창이고.'

쿠니에다는 일본인 휠체어 선수로, 전생의 영석과 태수의 라이벌이라 꼽힐 수 있는 유일한 선수였다. 영석이 참여하지 않은 대회는 쿠니에다와 태수 양강 구도를 그렸었다. 아마 이제는 온전히 태수의 라이벌로 자리할 것이다.

네덜란드 태생의 에스더라는 선수는 성별이 달라 영석이 직접 코트에서 마주할 기회는 없었지만, 여자 휠체어 테니스의 가히 신급 존재라 할 수 있었다.

마스터스 우승 횟수는 셀 수도 없고, 메이저 대회의 우승 또한 21회를 기록했다. 패럴림픽에선 무려 4회나 금메달을 획득했다. 2000년 시드니 패럴림픽부터 2012년 런던 패럴림픽까지 모조리 다 우승한 것이다.

이 선수가 더 괴물 같은 이유는 또 있다.

단식뿐만 아니라 복식에서도 전설과도 같은 존재이기 때문이다.

복식에서도 메이저 대회 21회 우승, 패럴림픽에선 3회 금메달 1회 은메달에 빛나는 대단한 업적이 있다. 그야말로 단식과 복식 모두를 섭렵한, 믿기지 않는 기량의 선수인 것이다. 단복식을 합치면 메이저 대회 42회 우승, 금메달 7개 은메달 1개를 갖고 있는 것이다.

휠체어 테니스의 국가 대항전은 1998년부터 2009년까지 중 1999년 한 해만 빼고 모조리 다 네덜란드의 우승이었다.

'대단한 인간.'

슈테피 그라프와 세레나 윌리엄스가 평생을 일군 커리어를 합해도 이 에스더라는 선수의 커리어와 비교하면 빛이 바랜다. 그 정도로 그녀는 압도적이었다. 나래의 앞날이 캄캄한 이유이기도 하다.

"…나래는 어때? 코치님들은 괜찮고?"

이 두 명의 테니스 생활은, 거의 전적으로 영석과 진희의 도움에 의존한다. 물론, 국가의 보조를 받는 것도 있지만, 그야말로 바다와 물 한 바가지 정도의 차이가 있다.

이번에 코치진을 확 바꾼 것도 영석의 의지가 컸다.

"……"

"일단, 전문적이라는 느낌은 들어."

나래는 수줍다는 듯 고개를 끄덕였고, 태수가 담담하게 답했다.

마치 당연하다는 듯 영석과 진희의 호의를 받아들이는 것 같았지만, 사실은 태수도 필사적이었다.

받는 게 하도 많아 마음이 자꾸 수그러드는 것이다. 그걸 이겨내야 하는 것으로 인식하고, 좋은 결과로 보답해야겠다는 것을 인지하고 있다는 점에서 태수는 톱 프로의 자질이 있었다.

"통역도 얼마간은 있을 거지만… 난 너희가 통역의 도움 없이 그들과 의사소통을 할 수 있었으면 좋겠어."

영석의 말에 여전히 태수는 담담하게 고개를 끄덕이며 답했다.

"응, 안 그래도 공부도 피 토할 정도로 하고 있어."

영석이 고개를 끄덕였다.

테니스를 택했지만, 엄연히 학생의 신분을 가지고 있는 태수와 나래가 삶의 지향점을 다양하게 가질 수 있는 기회를 얻었으면 좋겠다는 마음에 조금 참견을 하기도 한다. 다행히 태수와 나래는 불쾌한 반응을 보이지 않고 영석의 조언을 잘 따랐다.

"배고프다! 먹을 거 사왔으니까 맛있게 먹자!"

조금 딱딱한 분위기가 감돌 수도 있다고 판단한 건지, 진희가 활기차게 말하며 피자와 통닭을 꺼내기 시작했다. 태수와 나래의 안색이 밝아진다.

"하하……."

그 모습을 본 영석의 안색도 밝아졌다.

*　　　　*　　　　*

김태진 감독과 국가 대표 코치진들이 달라붙어 영석과 진희의 훈련을 돕는다. 물론, 다른 선수들의 훈련에도 많은 코치들이 붙는다. 국가 대표라는 위상에 어울리는 시설과 넓은 부지에 가득한 코트 덕분에 가능한 일이다.

"…분하다."

진희가 이를 앙다물고 분을 짓씹었다.

"몇 번만 더 하면 이기겠던데 뭘."

영석은 어울리지 않는 허풍을 떨며 진희를 위로하기에 바빴다.

"형, 저것들 왜 이렇게 잘해?"

"……."

네트 너머에선 고승진과 이형택이 땀을 닦아내며 안도의 한숨을 내쉬고 있었다.

고승진은 철푸덕 앉아 경련하고 있는 다리를 주물렀다. 힘들어서 경련이 오는 것이 아닌, 긴장이 풀린 탓에 경련이 온 것이다. 이형택은 조금 사정이 나았지만, 역시나 얼굴은 잔뜩 굳어 있었다.

4 : 6, 6 : 2, 3 : 6.

영석과 진희 복식조를 상대로 이형택과 고승진이 복식조를 이뤄 치른 경기의 결과다.

남녀 VS 남남이라는, 보기 드문 경기는 요 며칠 사이 국가대표 선수들 최고의 관심사로 자리하고 있었다.

남녀 복식조는 영석과 진희가 대표팀에선 유일무이한 존재라 관심이 쏠리기도 했지만, 대부분의 관심은 이 복식조의 믿기 힘든 역량에 집중되어 있었다. 고승진과 이형택이라는, 최상위 선수들의 복식조를 제외하면 모든 남자 복식조가 영석과 진희에게 깨졌다.

"아냐아냐, 그런 위로는 필요 없어. 지금 저쪽에서는 위기에 몰릴 때마다 나를 노려. 차라리 너 혼자 경기했으면 이겼을걸?"

남은 클레이 코트 대회에 모조리 참가하고 있는 이재림이 만약 이형택이나 고승진과 함께 페어를 이뤘다면, 영석과 진희는 더욱더 일방적으로 몰렸을 거다.

그 패배의 원인이 오롯하게 자신에 있다는 게 어지간히 분했는지, 진희는 손안에 있는 수건을 못살게 굴었다.

"일단 침착하자. 우리가 상대할 사람들이 남자 복식조는 아니잖아. 뺏길 수밖에 없는 포인트는 버리고, 우리가 우위를 가져갈 수 있는 포메이션들을 계속해서 유지할 수 있는 방법을 찾자."

침착한 영석의 말에, 분노에 잠식되어 있던 진희의 눈이 차분하게 가라앉는다. 그 모습을 본 영석이 진희를 일으켜 세웠다.

아직 체력은 많이 남았고, 시합을 할 수 있는 상대도 많다.

"아자아아아아아아아아아!!!"

영석의 손을 잡고 벌떡 일어난 진희가 크게 소리 질렀다.

쩌렁쩌렁한 그 외침에는 호기와 승리에의 탐욕이 서려 있었다.

"아자!"

"화이팅!"

여기저기서 호응하는 소리가 들려온다.

끽, 끼긱!

펑! 펑!!

훅— 훅—

다시금 코트장은 바쁜 몸놀림과 거친 숨결의 소리로 일렁이기 시작했다.

*　　　　*　　　　*

<사상 '최강' 한국 테니스 대표팀, 아테네 올림픽을 겨누다>

한국 테니스가 뜨겁게 달아오르고 있다.

명실상부 세계 최강의 자리에 있는 이영석, 김진희 선수는 물론이고 이형택, 고승진, 조윤정 등의 실력파 베테랑이 대거 포진해 있고, 신예 이재림이 최종적으로 합류했다.

이번 아테네 올림픽은 남자 단식과 복식, 여자 단식과 복식 외에도 무려 80년 만에 부활한 남녀 혼합복식이 초미의 관심사다.

다섯 개의 세부 종목에 참가할 대한민국 대표 선수단의 면면 또한 화려하다. 남녀 각 단식에서 이영석 선수와 김진희 선수가 금메달을 노리고, 남자 복식은 이형택과 이재림이 함께 호흡을 맞춘다. 1920년대에 마지막으로 열렸었던 혼합복식의 '해금 이후 첫 금메달'을 노리기 위해 이영석 김진희 조가 출전을 하게 된다.

2004년 8월 13일에 개최될 아테네 올림픽에서 '한국 테니스 역사상 최초의 금메달'을 노리는 테니스 국가 대표팀은 비장한 마음으로……

딸칵, 딸칵.

기사들을 눈으로 스캔하는 강춘수의 시선이 댓글란으로 향한다. 인터넷 강국이라는 칭호답게, 댓글란도 일찌감치 시끌벅적했다.

—드디어 한국 테니스에도 올림픽 금메달이 오나요ㅜㅜ

re: 100퍼 1000퍼 오지. 이번에 이 정도 멤버면 축구로 치면 못해도 아르헨티나급은 될걸?

rere: 아르헨티나가 뉘집 개 이름이냐? 비교할 걸 비교해라.

rerere: 저기… 테니스 모르시나 보네요. 이영석 혼자서도 다 씹어 먹거든요. 마라도나나 펠레 정도는 돼야 비교 가능하죠.

rererere: 김진희 선수는 왜 빼냐? 여자라서?

rerererere: 그라프가 있잖음.

—꼭 금메달 아니어도, 어쨌든 메달 가능성은 아주 높네요. 아시안 게임 때처럼 승전보로 가득했으면 좋겠습니다.

re: 저 부부가 딴 금메달로만 쳐도 10위 안에 들었다는 그 아시안 게임?

—금메달 두 개 따고 시작이네ㅋㅋㅋ

re: 설레발치지 마라.

이제는 영석과 진희의 지명도가 엄청난 수준이다.

2002년 월드컵 4강으로 인해 시작된 축구 선수들의 해외 진출 못지않게 영석과 진희의 소식이 스포츠 뉴스에 가득한 것이다.

시도 때도 없이 대회가 열려대니, 우승할 때마다 쉬지 않고 소식이 올라갔다. 거의 1년의 스포츠 소식 중 70% 정도가 영석과 진희의 것이었다. 오죽했으면 테니스 라켓 한번 잡아본 적 없는 사람들도 대략적인 ATP, WTA의 스케줄을 인식하고 있을 정도다.

그밖에도 각종 종목에 대한 관심이 뜨겁게 달아오르고 있었다. 평소에는 소식을 알 수 없었던 종목들도 메인 기사란에 가득하다. 과연 올림픽다웠다.

<올림픽… 또다시 진통? 이번엔 웃는 ITF>

올림픽 시즌이 다가오면 테니스계는 연례행사처럼 예상된 진통을 겪었었다. 테니스의 전통적인 국가 대항전 '데이비스/페드컵'으로 이미 국제경기에 참여하고 있는 선수들은 올림픽이라는 또 다른 이벤트에 시큰둥하기 일쑤였다.

그러나 이번엔 다르다. ITF에서는 이번 2004년 아테네 올림픽에 랭킹 포인트를 부여하기로 결정하면서 선수들의 참여를 유도했다. 80년 만에 부활한 '남녀 혼합복식'도 유인 요소 중 하나다. 포인트와 상관없이 이미 다수의 톱 플레이어들이 참가 의사를 비친 데 이어, 많은 선수들도 참여 의사를 밝혔다.

ITF는……(중략).

2004년 아테네 올림픽 테니스 종목은 가장 성공적인 이벤트로 남을 것인지 많은 이들의 귀추가 주목되고 있다.

—얘네는 맨날 안 나간다고 땡깡부리더라.

re: 배가 부른 거지.

rere: 몸이 축나는데 나가고 싶겠냐? 그리고 기사 봐. 나간다잖아. 기사 좀 읽자.

—그런데 작년에 이영석이랑 김진희도 데이비스랑 페드컵 잘 안 나가지 않았나?

"뭘 그렇게 봐요?"

"아, 그냥 모니터링 좀 했습니다."

강춘수의 뒤를 지나가던 영석이 모니터를 슬쩍 보고는 말을 걸자, 강춘수가 황급히 창을 닫으며 답했다.

"흠, 댓글이라… 조금만 봐요. 괜히 스트레스만 받아요."

"…네."

영석은 빙긋 웃고는 방을 향해 다시 걸어갔다.

*   *   *

이재림은 굉장한 소식과 함께 대표팀에 합류했다.

─7개 클레이 대회 중 날짜가 겹치지 않는 세 개 대회에 참가하여 모두 우승.

단숨에 커리어에 ATP 우승 타이틀 세 개를 추가한 이재림은 프랑스 오픈 준우승자라는 타이틀과 함께 단숨에 '클레이의 귀재'로 떠올랐다. 2003년에도 이 시기에 유독 활발한 행보를 보였던 이재림은 2004년에도 성공적인 클레이 시즌을 마친 것이다.

한국 테니스의 향후 10년을 밝힐, 대단한 인재로 부상한 이재림은, 이제는 명실상부한 초일류의 반열에 들어섰다. 수만 명의 테니스 선수 중에 열 손가락에 꼽힐 수도 있을 만큼, 대단한 성장세를 기록했다는 찬사가 이어졌다.

"너, 내 적이 돼라!"

진희는 이재림을 지목하며 알 수 없는 말을 했고, 당황한 이재림은 부랴부랴 몸을 풀고는 고승진과 교체하여 이형택과 함께 페어를 짜 코트에 들어갔다.

그리고 이어진 시합은… 이재림의 혼을 쏙 빼놓았다.

펑! 끼긱, 끽!!

영석과 진희는 마치 한 몸처럼 유기적으로 움직였고, 호흡 역시 딱딱 맞아떨어졌다.

슉—

따로 말하지 않아도 영석이 치려는 코스에 진희가 걸리면, 진희는 냉큼 몸을 네트보다 낮게 수그렸다. 그 반대의 경우도 마찬가지였다. 어찌나 불쑥불쑥 아래로 꺼지는지, 상대하고 있는 이형택과 이재림이 놀랄 정도였다.

신호 없이 이런 행동이 가능한 이유는, 서로의 생각을 읽을 정도로 많은 훈련이 이루어졌기 때문이다. 부부로서의 교감도 한몫했지만, 이러나저러나 이 정도의 합을 맞출 수 있는 것은 두 선수의 빛나는 재능에 기인한다.

펑!!

끽, 끼기기긱!

구멍 또한 없다.

아무리 코트를 넓게 써도 이영석과 김진희라는, 톱 플레이어의 발은 너무나 빨랐다. 각자의 수비 범위가 너무 넓어 사실상 평범한 플레이로 그들의 그물을 뚫어낼 수는 없었다.

특히 진희가 베이스라인에 나가 있을 때가 가장 위협적이었다. 네트 앞에 영석이 있으면 그 순간 네트의 높이는 약 4미터라고 생각해야 한다. 양옆으로도 어지간해서는 뚫어낼 수 없다. 긴 팔다리와 순간적인 반응 속도에서 상상을 불허하는 영석의 기량이 번뜩이기 때문이다. 힘겹게 영석을 벗겨낸다고 끝이 아니다.

WTA 역사상 최고의 선수를 노리고 있는 진희는, 일반적인 여자 선수가 아니었다. 발은 이재림과 비견할 만큼 빨랐으며, 그라운드 스트로크에서도 틈이 없었다. 이형택이 가끔 플랫성 볼을 보낼 때 정도만 힘에 부쳤지, 이재림의 포핸드와 백핸드는 진희에게 진수성찬이었다.

'방법이 적군.'

빠져나간 혼을 붙들어 온 이재림은 고민에 빠졌다.

끽.

그리고 그의 눈에 네트로 향하는 진희의 모습이 잡혔다. 이재림의 눈이 번뜩인다.

'미안하다······.'

퍼엉!!!!

팡!

쏜살같이 날아간 공은, 진희가 가볍게 내민 라켓에 막혀 다시 되돌아갔다. 올 때보다도 더욱 빨리 말이다. 실로 담대한 반응이었다.

"······."

당황한 이재림은 멍하니 진희의 모습을 봤다.

'내 공이 안 통해?'

물론, 단 한 번의 공으로 모든 것을 판단할 수는 없다. 하지만 너무나 당연하다는 듯 반응한 진희의 모습에 덜커덕 놀라고 만 것이다.

진희는 장난스럽게 혀를 내밀며 이재림을 도발했다.

"헹!"

"…저게……."

이를 간 이재림이 눈을 활활 빛냈다.

이제부터 본때를 보여주겠다는 험한(?) 눈빛이었다.

대표팀은 쉽지 않은 결정을 내렸다.

대표팀 선수 거의 전원의 투어 참가를 지원한 것이다. 항공편과 숙박비 일부를 크게 지원했는데, 굉장히 이례적인 일이었다.

이영석, 김진희, 이형택, 이재림… 대표팀 최고의 선수 네 명이 참가할 대회는 캐나다 마스터스였다. 랭킹이 모자란 선수들은 급이 낮은 대회에 출전했다.

이 대회에 이렇듯 전폭적인 지지를 승인한 이유는 단 하나다.

―아테네 올림픽을 위한 연습 및 훈련.

통상 아시아에서 열리는 대회에 참가해 실전 감각을 끌어 올렸었지만, 이번엔 달랐다. 노리는 것은 명백히 세계. 출전 선수들의 급이 높은 미국과 유럽 대륙의 대회 참가를 지원한 것이다.

지원한 만큼, 시도 때도 없이 훈련이 이어졌다. 물론 이형택과 이재림과 같은 복식조들도 대회에 참가했다.

단식과 복식의 경기를 치르면서 중간중간 훈련까지 겸해야 하는, 꽤나 벅찬 스케줄이었지만 선수들은 모두 의욕에 불탔다.

특히 캐나다 마스터스에 참가한 선수들에게 이목이 집중됐다.

이형택과 이재림 모두 본선에 오르며, 이번 대회 1번 시드인 영석과 함께 경쟁을 하게 된 것이다.

대다수의 한국 언론의 관심 또한 캐나다로 쏠렸다.

—**올림픽 앞두고 트리오 이(李)의 충돌!**

이런 종류의 타이틀을 달고 기사들이 쏟아져 나왔다. 영석과 진희가 등장하기 전엔 어림도 없었던 관심이 이처럼 테니스라는 종목에 광대하게 쏟아졌다.

*   *   *

혼합복식은 사실 그리 흥미를 유발하지 못하는 종목이다.

같은 테니스이지만, 별개로 취급되는 남자와 여자가 섞인 것에서부터 이미 혼합복식의 재미는 떨어진다. 각 팀의 남자 선수들이 집요하게 여자 선수를 노리면 아주 경기가 재미없게 흐르기 때문이다. 서브 속도, 그라운드 스트로크 등 공의 속도는 물론이고, 몸의 속도도 차원이 다르다. 갭이 너무 커서 관중들의 관심을 받지 못한다. 관중들의 관심을 받지 못하면, 그 종목은 성립할 수 없다.

그런 이유로 메이저 대회가 아니면 남녀 혼합복식을 찾아볼 수가 없었다. 참가하는 선수들도 컨디션 관리와 재미, 혹은 흥미로 인해 참여하게 마련이다.

"윔블던에서 한번 맞춰봤어야 하나?"

그러나 누군가에겐 그 혼합복식이 절실할 정도로 중요하다.

진희가 땀을 닦아내며 중얼거리자, 영석은 피식 웃으며 진희의 가방을 받아주었다. 경기가 끝난 직후이지만, 진희는 체력적으로나 정신적으로나 여유로웠다.

"굳이 안 그래도 되겠는데 뭘."

캐나다 퀘벡주 몬트리올(Montreal, Quebec)의 날씨는 한국보다는 훨씬 나았고, 진희의 컨디션은 아주 훌륭했다.

영석과 진희, 이형택과 이재림은 윔블던과 아테네 올림픽 사이에 열리는 가장 큰 대회 중 하나인 Canada Masters에 참여한 상태다.

WTA보다 1주일 먼저 토론토에서 열린 ATP에서는, 영석이 또다시 페더러를 격침시키며 2004년을 완전히 지배하는 데 한 발짝 더 다가섰다.

이재림은 4강에서 페더러에게 패배했고, 이형택은 16강에서 애거시에게 패배했다.

상당히 고무적인 것은 이형택과 이재림 남자 복식 페어가 보인 활약이었다.

─캐나다 마스터스 복식 준우승!

인도의 남자 복식 강자인 Mahesh Bhupathi와 Leander

Paes에게 결승에서 아쉽게 패배하고 말았지만, 한국 테니스 역사상 남자 복식이 올린 가장 큰 성과로 꼽혔다. 그리고 마스터스 준우승은 이형택과 이재림에게도 제법 큰일이었다.

"단식에서도 못 해본 일을……."

"…그러게요."

이재림은 마스터스에서 단식으로 우승한 전력이 있지만, 이형택의 감격에 초를 치지 않았다.

"궁합 좋네요. 앞으로도 종종 합 맞춰봐요."

영석이 가볍게 말을 툭 던지는 것으로, 둘의 준우승을 축하해 줬었다.

진희는 그런 남자들에게 뒤지지 않겠다는 듯 모든 선수를 무실 세트로 물리치며 방금 우승을 확정지은 것이고 말이다. 임팩트로만 보면 역시 영석과 함께 진희의 우승이 충격적일 정도로 일방적이었다.

"조금 이상한 게… 단식이 좀 쉬워진 것도 같고……?"

진희가 고개를 갸웃하며 중얼거리자 영석의 뒤에 있던 이재림이 단박에 질린 표정을 짓는다.

"하여튼 괴물들. 뭘 해도 다 상승작용이야. 범인들은 그냥 감탄하기 바쁘지."

"……."

진희는 피식 웃고는 영석에게서 다시 가방을 받아 들었다.

"나 아직 쌩쌩하니까! 복식하러 가자!"

이재림의 얼굴이 흑백으로 물든다.

"쟤 좀 말려… 이젠 진심으로 후달린다."

"엄살은. 시합은 진희가 했는데 무슨 소리야."

"쳇……."

진희의 뒤를 따라가는 두 남자는 그렇게 서로 투닥대며 오후의 한때를 보냈다. 곧이어 시작될 올림픽을 기대하며.

Chapter 96

Athens Olympics

"우리 그리스는 처음 아니야?"

진희가 신기하다는 듯 사방을 둘러본다.

"그렇긴 하지."

투어 일정에 그리스에서 열리는 테니스 대회는 없었다. 챌린지까지 뒤져본다면 있을 수 있으나, 영석과 진희가 참가할 대회 목록에는 그리스가 없다.

"그리스라……."

비행기에서 내린 테니스 대표팀은 올림픽이 진행되는 동안 머물 숙소를 향해 이동하고 있었다. 이재림이 어울리지 않게 우수에 찬 눈으로 어딘가 먼 허공을 더듬듯 아련한 분위기를 풍기고 있었다.

"왜 또 꼴값인데."

영석이 그런 이재림의 옆구리를 치며 면박을 줬지만, 이재림은 여전히 분위기를 잡고 있었다.

"그리스면 신들이 떠오르잖아. 올림픽은 신성한 스포츠 제전이고. 그냥 신성신성하니까 나까지 경건해지는 기분이네."

"……."

뭐라고 타박을 줄까 했지만, 영석은 그만뒀다. 그러고는 자신의 소회를 더듬어봤다.

'나에겐 패럴림픽이 무슨 의미였을까?'

돌이켜 보면, 작은 세계의 왕좌를 차지하고 그것을 지키는 데에 혈안이 됐던 것 같다. 영석에겐 나라도, 신성한 스포츠 의식도 존재하지 않았다. 그저 무너지려는 자의식을 잡기 위해 '최고'라는 성적이 필요했다.

참으로 조악한 자부심의 편린에 불과하지만, 이것을 붙잡지 않으면 안 될 것 같다는 생각이 들었었다. 자부심이란 곧 공기와도 같아서, 없으면 단박에 목숨을 잃어버릴 것 같다는 공포심까지 느꼈었다. 그렇게 이룩해 낸, 피와 땀 그리고 고름까지 쥐어짜 낸 결과는 늘 영석을 살아가게끔 만들어줬었다. 그저 살아가기 위함이었는데, 그게 삶 전체의 머리를 붙잡고 질주하게끔 만들었었다.

"프로란, 그 어떤 감정과 정신 상태조차도 모두 투쟁심으로 이끌 수 있어야지."

어디선가 들려오는 목소리에 영석의 상념이 끊겼다.

'……'

패배주의에 심취한 것도 아닌데 이렇게 자주 우울한 기분에 빠져들곤 한다. 그럴 때 영석에게 필요한 건 다름 아닌 가족 및 지인들이다. 언제든 현실을 직시하게 만든다. 현실은 영석의 마음속보다 깨끗하고 밝기에 오히려 홀가분하다.

주변의 평가와 달리, 영석의 멘탈은 썩 깨끗한 편은 아닌 것이다.

"코치님의 말은 항상 듣기가 좋단 말이죠."

빙긋 웃으며 답하는 이재림의 머리를 최영태가 쓰다듬어 주었다.

직전 제자(?)는 아니지만, 자신과 비슷한 스타일의 이재림이 세계를 호령하고 있다는 것이 퍽 자랑스러웠는지, 최영태는 유독 이재림을 잘 챙겨주었다.

"영석이랑 진희도 모든 상념은 날려 버려라. 너희는 코트에서 살아갈 사람이니 그 외엔 중요한 게 없다."

"…넵!"

짧지만 단호한 대답이 셋의 입에서 나온다.

이재림은 곧바로 눈 안에, 그리고 마음에 투지의 불씨를 지폈다. 그 모습을 보는 영석과 진희의 얼굴은 미소로 물들어 있었다.

*　　　　*　　　　*

하계 올림픽인 아테네 올림픽은 2004년 8월 13일부터 8월

29일까지 그리스 아테네에서 열린다. 1896년 아테네 올림픽이 열린 지 108년만이다. 201개의 전 IOC 회원국이 참가하여 17일간 28개 종목의 301개 메달(세부 종목 포함)을 걸고 경쟁하게 된다.

2004. 8. 13. 21:00.

2004년 아테네 올림픽의 개막식이 시작되었다.

4년마다 꼭 한 번씩은 찾아오는 올림픽이지만, 언제나 새롭고, 언제나 두근거리는지 온 지구의 맥박이 크게 뛰는 것 같다.

─5! 4! 3! 2! 1!

카운트다운이 끝나자 번쩍번쩍 빛나는 번개가 허공을 갈랐다.

둥─ 둥─ 둥─!!

고수(鼓手)들의 등장과 함께 경건해지는 북소리가 울리는가 싶더니, 한 줄기 혜성이 에게호 위에 떨어졌다. 그리고 그려지는 오륜기 모양의 불꽃이 섬세하면서도 담대하다. 심장이 쿵─ 떨어지는 것 같은 화려함이다.

─와아아아아!

입이 떡 벌어지는 연출에 관중들이 끝없는 환호를 쏟아낸다.

─오오오오오!!

이윽고 나타난 것은 한 소년.

이 소년은 호수 위를 건너오고 있었는데, 타고 있는 것은 커다란 종이배였다. 긴장이 되지도 않는지, 세상에서 가장 편안하고 자애로운 미소를 지으며 그리스 국기를 흔드는 소년은 수만 쌍의 눈빛을 그대로 받아내며 유유히 호수 위를 흘렀다.

빰 빠밤!

올림픽 위원장, 그리스 대통령, 조직위원회 위원장이 배에서 내린 소년과 가벼운 스킨십을 하고 나서 울리는 것은 그리스의 국가 '자유의 찬가'.

경쾌하면서도 아름다운 선율이 올림픽 스타디움을 현실에서 멀어지게 만들었다.

—우와아아아아아!!

다시금 관중들을 미치게 만드는 퍼포먼스가 시작되었다.

인간과 말의 묘한 공존… 사람들에게 익숙한 '켄타우로스'가 등장해 창을 호수 한가운데로 던졌다. 그러나 물속에서 조각이 솟아올라 여러 개로 쩍 갈라졌다.

우우우웅—

이윽고 에로스 조각상이 나타나 날갯짓을 하고, 날개 달린 백마 페가수스가 웅장하게 등장하더니, '신 중의 신' 제우스와 그의 처 헤라의 조각상이 등장한다. 그 뒤를 이어 태양의 신 아폴로, 승리의 여신 니케… 그리스 신화에 등장하는 거의 대부분의 신들이 스타디움을 휩쓸고 지나갔다.

빠바바밤!

세계 최고의 스포츠 제전, 올림픽.

그 압도적인 화려함과 규모에서 뿜어져 나오는 압력은 과연 인간이 이룩한 최고의 축제로 꼽힐 만했다.

—우와와아아아아!!

드디어 선수 입장이 시작되었다.

약 만여 명의 선수들이 천천히 등장하기 시작했다.

환호의 성질은 다르지만, 그 성대함에서는 최고임을 능히 짐작할 수 있는 엄청난 소리의 해일이 선수들에게로 쏟아졌다.

"으아… 심장이 떨린다."

"……."

이재림이 손까지 벌벌 떨며 호들갑을 피웠지만, 영석은 그 촐싹거림을 타박할 수 없었다.

두근, 두근, 둑, 둑, 둑, 두두두…….

본인의 심장이 거칠게 뛰고 있는 것조차 감당이 안 되기 때문이다.

'세상에…….'

올림픽을 은근히 경원시하고 있었던 마음이 삽시간에 사라져 버렸다.

세계인 모두의 축제라는 올림픽은, 패럴림픽도, 메이저 대회도 따라갈 수 없는 웅장함과 사람의 뇌를 곤죽으로 만들어 버리는 황홀함이 가득했다.

꽈악—

영석의 팔을 움켜쥐고 있는 진희도 해일처럼 몰아치는 황홀함에 긴장한 기색이 역력했다.

두둥!

스타디움 안으로 그리스 대표 선수단이 첫 번째로 입장했다. 이어서 각국의 선수단이 차례로 입장하면서 개막식의 분위기는 하늘 높은 줄 모르고 치솟아 올랐다.

그리고… 드디어 대한민국 대표팀의 입장이 시작됐다.

스타디움 여기저기서 이색적인 국기를 흔드는 사람들이 보였다.

─한반도기(韓半島旗).

흰색 배경에 푸른색으로 된 한반도 전체의 그림이 박혀 있는 단순한 모양이었지만, 그 국기는 참으로 사람의 마음을 쉽게 일렁거리게 만들었다.

2000년 시드니 올림픽에 이어 대한민국과 북한의 대표 선수들이 한반도기를 앞세우고 동시 입장하는 모습은 그 의미를 알고 있는 이들에게는 거대한 감동이었다.

"…입장하니까 이제야 안 보네."

옆에서 진희가 작게 소곤거렸다.

영석과 진희의 유명세가 북한에까지 닿았는지, 북한 선수들이 연신 둘을 힐끗거리며 바라봐 여간 난처한 게 아니었었다.

두둥! 둥!

선수들의 입장이 모두 끝나고, 아주 잠시의 정적이 흘렀다.

이런저런 절차가 순식간에 흐르고 드디어 개막식의 대미가 시작되려 했다.

대미(大尾).

올림픽 개막식의 대미는 무엇일까?

이 질문엔 거의 이견 없이 '점화(點火)'로 답할 것이다.

'니코스 카클라마나키스'라는, 그리스 국적의 요트 종목 올림픽 금메달리스트가 거대한 성화대 앞에 대기하고 있었다.

탁, 탁―

최종 성화주자들이 올리브 잎을 멋들어지게 재현한 성화봉을 니코스에게 건넸고, 성화봉을 받아들은 니코스는 성화대 앞의 계단을 가볍게 뛰어올라 17일 동안 지구촌을 뜨겁게 달굴 거대한 불씨를 피워 올렸다.

―올림픽의 고향, 그리스에 오신 것을 환영합니다!

마음에서 크게 울리는, 소리 없는 거대한 외침이 니코스에게서 쩌렁쩌렁하게 울리는 듯했다.

*　　　　*　　　　*

"종합 10위권 내라……."

대한민국 대표팀에게도 막대한 임무가 주어졌다. 임무라기보다 선수들이 자연스럽게 품게 되는 사명감의 구체적인 표현일 뿐이지만, 그래도 뚜렷한 목표는 생겼다.

종합 10위 내.

스포츠는 스포츠일 뿐이지만, 국가 간의 경쟁 심리 또한 상당하게 적용되는 올림픽에서 순위란 중요한 지표로 취급되기 일쑤다.

'불가능하진 않지.'

금메달 10개를 넘기면 거뜬하게(?) 달성할 수 있는 목표다.

"야, 우리 일정 끝나면 뭐 보러 갈 거냐?"

같은 방을 쓰게 되어 침대에서 뒹굴뒹굴하고 있는 이재림이 영석에게 물었다.

　개막식의 여운이 가시질 않는지, 발갛게 달아오른 얼굴은 아직도 쉬이 가라앉을 기색을 보이지 않았다.

　"글쎄다. 넌? 탁구? 배드민턴?"

　테니스는 8월 15일부터 23일까지, 총 9일 동안 진행된다. 결승까지 다 끝나도 올림픽 기간은 약 일주일 동안 남는다.

　"네트 있는 종목은 안 볼 거 같고… 축구랑 야구?"

　"…뭐, 나야 진희가 알 만한 스포츠를 같이 보는 게 좋겠지. 투어 뛰러 바로 가는 것도 나쁘지 않고……."

　"허 참. 낭만이라고는 좁쌀만큼도 없는 녀석일세. 올림픽이야, 올림픽! 폐막식까지 있어줘야 예의지!"

　이재림이 혀를 차며 영석을 타박했다. 시종일관 무덤덤한 영석이 재미없는지, 올림픽, 올림픽 노래를 불러대고 있다.

　"잠이나 자."

　영석은 그렇게 말하고는 바로 불을 꺼버렸다.

　"…헐……. 노친네 같은 놈."

　이재림은 황당한지 침대에 앉아 눈을 껌뻑였다. 어두워 보일 리 만무했지만 말이다.

＊　　　　　＊　　　　　＊

　평소와는 다른, 올림픽이라는 거대한 무대가 주는 울림은 분명 영석에게도 유효했다. 뛰노는 심장을 다스리지 못하고, 온몸의 근육이 팽팽하게 수축되는 것을 바라만 보아야 했으니 말이다.

"코트는… 코트지."

하지만 그것도 거기까지다.

푸르른 지면은 오돌토돌하지만 멀리서 보면 매끈하게 잘 빠졌다. 그 위에 단정하게 놓인 흰 선들에서는 어떤 '미학'이 느껴지기까지 한다. 거기에 네트와 심판석, 그리고 관중까지 들어서면 그건 영석의 정신적인 고향이 되어버린다.

긴장할 여건이 도저히 안 되는 것이다.

'1라운드가 64강……'

본선에 오른 선수들이 총 64명이라는 뜻. 1라운드가 128강인 메이저 대회보다는 규모가 작다.

이 64명의 목록엔 대한민국 국적의 선수는 이영석, 이재림, 이형택 모두 셋이다. 영석은 1번 시드, 이재림은 16번 시드, 이형택은 와일드 카드를 통해 올라오게 됐다. 고승진은 혼합복식 본선에 진출하는 데 성공했다.

"……"

네트 너머에는 비쩍 말라 보이는, 그러면서도 강건한 분위기가 여실히 느껴지는 선수가 영석을 노려보고 있었다.

'다비덴코……'

니콜라이 데바덴코(Nikolay Davydenko).

에스토릴 오픈을 비롯해서 여기저기서 자주 얼굴을 보고 시합도 펼쳤던, 러시아 국적의 '반드시 성공할' 선수다.

통, 통, 통, 통, 통…….

—고오오오오…….

개막식의 환상적인 분위기가 거짓말처럼 사라진다.

선수, 심판진, 관중… 이 코트에 자리한 모든 이들이 있어야 할 자리에 있는 그 순간, 영석의 머릿속은 깨끗하게 비워졌다. 그리고 테니스 공이 지나가는 아름다운 궤적들 수천 개가 떠다니기 시작했다.

획—

토스를 하고 공을 보기 위해 고개를 하늘을 향해 드는 그 순간, 온몸의 근육과 힘줄, 신경들이 꿈틀거리며 준비가 끝났다고 외친다.

휘리릭!

거칠게 꼬인 몸을 풀어내자, 온몸이 공기를 가르는 소리가 들린다.

콰아아앙!!!

올림픽 테니스 종목의 시작을 알리는, 번쩍이는 선이 삽시간에 허공을 주욱 긋는다.

듣고 있고, 보고 있는 이들의 정신을 혼미하게 만드는, 거대한 타구음이 쩌렁쩌렁 울리는데, 그 소리가 끝나기도 전에 공은 반대편 볼 키즈에게 향하고 있었다.

"에이스, 피프틴 러브(15 : 0)."

'역시나 무덤덤하다니까…….'

심판의 기계와 같은 선언에 피식 웃은 영석은 목을 이리저리 돌리며 애드 코트로 향했다.

*　　　　　　*　　　　　　*

8월 15일.

올림픽 테니스 일정의 첫날.

여느 대회가 그렇듯, 1라운드는 시합의 수가 많기 때문에 일정을 제대로 소화할 수 없다. 즉, 15, 16일 이틀에 걸쳐서 각 세부 종목의 1라운드를 펼치게 되는데, 리스트는 다음과 같다.

〈남자 단식 1회전(64강)〉

〈여자 단식 1회전(64강)〉

〈남자 복식 1회전(32강)〉

〈여자 복식 1회전(32강)〉

1번 시드인 영석과 진희는 15일에 각자 단식 경기를 치렀다.

영석은 다비덴코를 만나 6 : 3, 6 : 2라는 압도적인 스코어로 승리를 거뒀고, 진희는 체코 출신의 Barbora Strycova를 만나 6 : 1, 6 : 4로 너끈하게 승리를 거뒀다.

"나 살려라……."

시합에 대해 이런저런 얘기를 나누고 있는 영석과 진희에게 말을 건 사람은 이재림이었다. 이재림은 운이 좋지 않아 15일에 두 경기나 치렀는데, 단식과 복식에서 경기를 치렀었다.

"피시 이겼다며? 이젠 아주 그냥 강서버 킬러야."

진희가 벌떡 일어나 이재림에게 초코바 하나를 건넸다. 이재림은 한 삼 일은 굶은 사람처럼 허겁지겁 포장지를 벗기고는 한입에 털어 넣었다.

아그작, 으직.

"……."

아몬드 깨지는 소리가 여과 없이 적나라하게 퍼지자, 고개를 절레절레 저은 영석이 가지고 있던 스포츠 음료를 건넸다.

턱—

당연하다는 듯 태연자약하게 받아 마신 이재림이 그제야 입을 열었다.

"…꺼억! 살 것 같다. 킬러는 무슨……. 뒤지는 줄 알았네."

"어땠는데?"

"음… 일단 복수하는 데에는 성공했지! 클레이가 아니어도 이긴다고!"

피시는 일전에 이재림과의 전적이 있다. 그때는 이재림이 패배를 하며 서브 & 발리 타입의 선수에게 약세를 여실히 드러냈었다. 로딕에게 연패를 하고 영석에게도 속절없이 당하던 시절이었으니 말이다.

"자신감은 좋다. 이제는 분석도 됐겠지?"

영석이 묻자 이재림이 고개를 끄덕이며 답했다.

"같은 미국 놈인데 로딕하고는 성질이 좀 다르고… 너랑 비숫하더라. 물론, 조금 더 느리고, 조금 더 부정확하지만. 발은 비교조차 할 수 없이 느리고."

"복식은 어땠어? 형택 선배랑 잘 맞는 거 같아?"

진희가 대화를 자르고 물어왔다.

이유는 모르겠지만, 진희는 그 누구에게도 '오빠'라는 호칭을 사용하지 않았다.

"음, 내가, 이 몸이! 페더러네를 이겼다는 거 아니겠어. 음하하하하!!"

허리에 손을 얹은 이재림이 파안대소했다.

이미 결과를 알고 있는 영석과 진희였지만, 이재림의 기를 살려주려는 듯 꼬치꼬치 캐물었다.

"누구랑 나왔었는데?"

"알레그로(Yves Allegro). 솔직히 그놈이 구멍이었지. 페더러는… 으… 소름이 돋아. 알레그로 없이 페더러 혼자였으면 이기기 힘들었을 거야."

알레그로는 단식 전적이 15전에 불과한, 복식 전문 선수였다.

'전문이라고 해도 별거 없지만……. 바브린카가 짝이었으면 또 몰라.'

전적이 더 많을 뿐, 복식에서도 이렇다 할 뚜렷한 성적이 없는 선수였으니 스위스의 복식조는 밸런스가 붕괴된 상태였을 것이다. 그에 반해 이재림이라는, 한창 물이 오를 대로 오른 톱 플레이어와 국제 대회를 수없이 많이 참가한 이형택의 호흡은 꽤나 좋다. 그건 기준이 한없이 높은 영석의 눈도 충족했다. 그러니 페더러라는, 불세출의 선수가 속해 있는 복식조까지도 이긴 것이다.

'아예 저 둘이 전문 복식조로 나서면… 최소한 메이저 1, 2회 정도는 우승할지도……'

힘들다면서 으스댈 힘은 남아 있는지, 연신 진희와 수다를 떨어대는 이재림을 보는 영석의 눈빛이 심유(深幽)하다.

*　　　　　*　　　　　*

8월 16일.

15일에 일정을 모두 소화한 영석과 진희는 오늘 하루는 완전히 자유로운 스케줄이었다. 그러나 둘은 누가 시키지도 않았는데, 훈련을 높은 강도로 하기 시작했다.

펑! 펑!

끽, 끼긱!

새벽같이 일어나 몸을 움직이는 그 모습에 일정이 비어 있는 선배들도 후배들의 눈치를 보며 자연스레 일찌감치 코트로 나올 수밖에 없었다.

끼긱!

네트 근처에 있던 진희가 발목에 떨어지는 공을 향해 몸을 던지고는 라켓을 바닥에 눕힌다.

팡!

날카로운 톱스핀을 머금고 떨어지던 공은 진희의 라켓에 닿는 순간, 마치 깃털처럼 속절없이 가벼워졌다.

퉁, 퉁, 툭……

네트를 살짝 넘어간 공은 역스핀을 먹었는지, 네트로 다시 굴러왔다.

가히 환상의 발리!

소름 돋을 정도의 터치 감각이 유감없이 발휘된 발리였다.

"게임 셋."

심판석에 앉아 있던 최영태가 게임이 끝났음을 선언하고 후딱 내려왔다.

"…이리 와."

그러고는 아직도 멍하니 서 있는 고승진과 조윤정을 호출했다.

타닷!

하늘같은 선배가 부르자 고승진과 조윤정이 빠르게 다가온다.

"영석이랑 진희는 저쪽 코트 가서 10분 쉬고 형택이네랑 한 게임해. 한 세트로."

"넵!"

재빨리 몸을 움직여 코트에서 벗어난 영석의 귀로 최영태의 잔소리가 시작된다.

"너희도 알겠지만, 혼합복식은 절대적인 키가 여자한테 있어. 윤정이 네가 어떻게 움직이느냐에 따라 시합의 흐름이 바뀌는 거야. 승진이 넌 왜 이렇게 보조가 약해. 생각 없이 공을 보내면 바로 전위한테 먹힌다고. 그럼 윤정이가 어떻게 움직이겠어? 코트로 들어와 봐. 상대가 여기에 있으면……."

잔소리조차도 득이 되는 쪽으로 한다.

최영태는 좋은 의미로든, 그렇지 않든 결코 사감(私感)을 섞지 않는다. 그 점이 지도자로서의 최영태를 더욱 빛나게 한다. 듣고 있는 고승진과 조윤정도 고개를 숙이고 묵묵히 있기보다 궁금한 점이나 필요하다고 생각하는 점은 서슴없이 말한다.

"……."

영석은 조용히 미소 지으며 몸을 풀고 있는 이형택에게 다가 갔다.

"잘 부탁드립니다."

"…오냐. 안 지려면 목숨 걸어야지."

지금까지의 연습 경기는 총 열 번 정도 진행됐다. 물론, 이형택 과 이재림의 전승이었지만, 그 간극은 사정없이 좁혀지고 있었다.

"이긴다!!"

진희가 얼굴에 맺힌 땀을 쓸어내고는 포효했다. 이제는 아주 시도 때도 없이 파이팅을 외치는 모습이다.

"안 진다아아아아!!"

이재림도 질세라 소리를 질렀다.

영석은 으르렁거리는 그 둘을 보며 고개를 저었다.

*　　　　　*　　　　　*

올림픽은 테니스 선수들에게도 썩 재미있는 행사로 다가왔다. 경기가 끝나고 바로 숙소로 가거나 쇼핑, 관광 등을 하며 보내는 평소와 달리, 올림픽은 다른 종목을 가까이서 볼 수 있다는 엄청난 메리트가 있기 때문이다.

"오늘 금메달 결정전이라며?"

실내의 경기장.

색색의 바닥으로 장식된 이 경기장에는 하얗거나 파란 도복을 입은 선수들이 여기저기서 몸을 풀고 있었다. 눈부신 라이트가 실내를 환하게 비추고 있었다.

"응. 금메달에 가장 근접한 선수라는데… 기대해 볼만한 것 같아."

가벼운 차림의 진희가 영석의 팔을 꼭 앉고 앉아 있었다. 영석 또한 가벼운 차림이었는데, 본인은 의식하지 못했지만, 온몸에서 조금씩 땀이 새어 나오고 있었다.

'얼마나 긴장될까……'

세상에 존재하는 모든 스포츠 종목 중 올림픽 같은 국제 대회에서 정식 종목으로 승인된 종목은 그리 많지 않다. 국제 대회에서 정식 종목으로 승인이 되었다 해도 그 종목이 대중적이지 않다면, 선수들은 피가 마른다.

―4년에 한 번.

위대한 커리어를 쌓을 수 있는 기회는 4년에 한 번뿐이다. 아시안 게임, 유럽 대회, 세계 선수권 대회… 많은 다양한 국제 대회가 있었지만 '올림픽'이라는 거대한 제전(祭典) 앞에서는 태양과 반딧불 수준의 차이를 보인다.

스포츠는 재능의 싸움이기도 하다. 그리고 그 재능이 절정을 찍는 기간은 기껏해야 5년 안팎. 선수 생활을 이어가며 올림픽에 한 번이라도 참여하는 것 자체가 힘들다. 예외적으로 몇 번이고 출전하는 출중한 기량의 선수들도 있지만, 그런 선수들은 인간의 한계를 벗어던진 경우다. 평범한 선수는 많아야 1.5회 정도의 참가 기회가 있을 뿐이다.

─우와아아아아아아!!

2004. 08. 16. 늦은 저녁.

유도 남자 ─ 73㎏급 결승전.

그 서막을 알리는 신호와 함께 엄청난 환호가 쏟아진다.

노란색 정사각형과 그 바깥에 자리한 빨간색 정사각형이 그려진 매트가 인상적이다. 영석과 진희도 잔뜩 긴장한 얼굴로 매트에 들어서는 선수 둘을 주시했다.

"하얀색이었지?"

"응."

푸른색 도복을 입은 금발머리의 남자가 먼저 입장을 했다. 러시아 국적의 마카로프 선수가 비장한 표정을 지은 채 매트로 들어서자 박수가 쏟아졌다.

─이! 원! 희!

뒤이어 하얀색 도복을 단정하게 입고 검은색 띠를 허리에 졸라맨 짧은 머리의 남자가 마카로프의 반대편에서 입장하고는 빨간색 선 바깥에서 한차례 몸을 멈추고는 고개를 꾸벅 숙여 인사를 했다.

"……"

긴장된 분위기도 잠시, 특별한 절차 없이 심판의 신호와 함께 결승전이 시작되었다.

"아자!!"

기합을 지른 이원희 선수가 팔을 든 채로 마카로프에게 성큼성큼 다가선다.

퍼럭! 획, 획!

근접해 들어가자 마치 복싱처럼 서로의 옷깃을 잡기 위해 팔을 뻗으며 엉겨 붙은 둘은 잠시 꿈지락거리더니 그대로 함께 쓰러졌다.

짝짝짝…….

이원희 선수의 유효 판정.

"뭔가 다리로 후린 것 같긴 한데……."

"메커니즘이 복잡하네."

균형 감각과 힘, 그리고 그걸 역이용할 줄 아는 심계가 돋보인 유효였다.

심판이 둘을 가운데로 부르더니 다시 시합을 시작시켰다. 단정했던 도복은 검은 띠 위로 삐져나와 이미 옷으로서의 기능을 상실한 상태다.

시합은 그 후로도 유효와 효과를 거듭하며 이원희 선수에게로 분위기가 흘러갔다. 벌떡거리는 대흉근이 번들거리며 두 선수의 야성을 여실히 드러냈다.

꽈악—

영석의 팔을 잡은 진희의 손에 힘이 들어간다. 고통을 느낄법한 영석도 의식하지 못하고 진중한 눈으로 매트를 바라보고 있었다. 그만큼 긴장하고 있다는 뜻이었다.

그리고… 아름다운 흐름이 시작되었다.

휘릭─ 턱!

마카로프의 소매 깃을 잡은 이원희 선수가 돌연 바닥으로 꺼지더니 마카로프의 가랑이 사이를 점하고 업어치기를 시도했다. 실로 번개와도 같은 속도였다.

벌떡─

일어나는 힘으로 회전까지 주어 마카로프를 넘기려 한 순간, 마카로프가 허공에 들린 왼 다리와 땅을 딛고 있는 오른 다리를 이용해 균형을 잡으려 애를 썼다. 목이 타들어가는 긴장이 이어지며 영석과 진희는 자신도 모르게 벌떡 일어났다.

"……."

"……."

기이할 정도로 크게 일렁이는 열망을 등에 업은 탓일까, 그도 아니면 초일류로서의 본능적인 감각이 몸을 움직였을까.

마카로프에게 깔린 상태로 몸을 일으킨 이원히 선수가 벼락처럼 오른발을 빼내어 마카로프의 오른발을 걸어차듯 걸었다.

퍽─

"우와아아아아!!!"

그대로 등 전부를 매트에 닿은 상태로 드러누운 마카로프가 보이자 영석과 진희는 소리를 질렀다.

너무나도 깨끗한 한판!

"……."

이원희 선수는 무릎을 꿇은 상태에서 두 손을 모으고 눈을 꼭 감은 채 짧은 기도를 하고는 양팔을 하늘로 들어올렸다.

대한민국의 2004년 아테네 올림픽 첫 금메달.

그 영광스러운 자태는 실로 경건하고 압도적이었다.

"멋있다……."

늦은 시간, 숙소로 돌아가는 길.

진희의 얼굴은 발갛게 무르익었다. 아직도 벅찬 가슴이 진정되질 않는 것이다.

"대단해. 틀림없이 최고야."

영석도 진희와 마찬가지로 붉게 물든 안색이었다.

월계수 잎으로 엮인 월계관을 머리에 쓴 채, 금메달을 깨물고 있는 이원희 선수의 모습이 심상에서 지워지질 않았다.

"아까 박 기자님한테 언뜻 듣기로는, 할아버지가 위암 투병 중이래. 이원희 선수."

"더할 나위 없이 완벽한 금메달이네. 조부, 국가, 본인… 의미가 남다르겠어."

영석이 고개를 끄덕이며 맞장구치자 진희의 눈이 반짝 빛난다.

"우리도 곧 시작이지?"

혼합복식을 일컫고 있다는 것은, 너무나 명백하다.

"세계 최초로 혼합복식 금메달 부부가 되어보자고."

영석의 말에 강한 힘이 깃들었다.

와락—

배시시 웃은 진희가 몸을 날려 영석을 안았다.

*　　　　　*　　　　　*

2004.08.17.

영석과 진희는 이번에도 마찬가지로 17일에 단식 2라운드를 치렀다.

각자 베르디흐, 페트로바를 무난하게 물리친 둘은 시합이 끝나자마자 다시금 훈련에 매진했다. 아마도 혼합복식에 출전하는 16개 본선 진출팀 중에 가장 치열하게 훈련하는 것이 이 둘일 것이다.

"너흰 이미 투어를 완주할 수 있는 선수로 입증이 나긴 했다만… 체력적인 문제는 괜찮겠어?"

오죽하면 약한 소리를 잘 하지 않는 최영태조차 둘을 걱정스럽게 봤을 정도다.

"……."

영석은 빙긋 웃음으로써 대답을 대신했고, 진희는 잠시 뜸을 들이다가 입을 열었다.

"올해는 특별해요. 뭔가… 인생 전체에서 가장 굵직한 해가 될 거 같아요."

"……."

"……."

두 남자는 진희의 대답에 말을 잃었다.

'몇 번 저런 말을 하긴 했지…….'

영석은 가만히 고개를 끄덕이더니 눈을 번쩍였다.

진희의 말을 듣자 온몸에서 주체할 수 없는 에너지가 넘치는 것 같았다. 당장에라도 엄청난 이 에너지를 폭발시켜야 할 것 같았다.

"코치님, 다시 훈련 부탁드려요."

"…오냐."

둘은 그렇게 다시금 숨 막히게 몸을 놀리며 구슬땀을 흘렸다.

*　　　　*　　　　*

"……."

영석과 진희는 가만히 앉아 코트를 내다보고 있었다. 다른 종목을 볼 법도 했지만, 지금 이 경기는 꽤 중요한 고비가 될 것임을 짐작한 둘은 자연스럽게 코트로 온 것이다. 이재림과 이형택 모두 단식 2회전에서 탈락했기 때문이다. 이제 그 둘에겐, 복식만 남아 있을 뿐이다.

끽, 끽!

펑, 펑!

남자 복식 2회전(16강).

코트에는 네 명의 선수가 어지러이 움직이며 온갖 종류의 소음을 쏟아내고 있었다. 아테네 올림픽 테니스 남자 복식에서 유이(唯二)한 아시아 국적의 복식조, 한국과 인도의 선수들이 별다른 큰 관심을 받지 못하는 상황에서 구슬땀을 흘리고 있었다.

끼익!

배드민턴이 그러하듯, 인도는 기본적으로 네트 스포츠에 강하다. 테니스에서는 그 위세가 약하지만, 아시아 안에서는 경쟁력이 상당하다. 종합적인 신체 능력과 통찰력 등이 요구되는 단식보다는 감각적인 능력이 요구되는 것이 복식이기에 가능한 일이었다.

혹, 혹…….

상대하고 있는 이형택과 이재림도 이와 같은 사실을 잘 알고 있는지, 얼굴에 긴장한 기색이 역력하다.

'아이러니야. 천하의 페더러를 이긴 복식조가…….'

복식은 그런 의미에서 단식과는 완전히 다르다. 테니스라는 공통된 탈을 썼지만, 아주 다른 종목인 것이다.

끽, 끽!

랠리의 흐름이 이상하게 흐른다. 그리고… 네트를 앞에 두고 네 명이 가까이 붙었다. 서로의 구멍을 쉬이 뚫지 못하니 점점 다가서게 된 것이다.

펑펑펑!

끽, 끼기기긱! 끽!

숨 막히는 발리 전쟁이 시작되었다.

춤을 추듯 다리를 놀리며 한시도 몸을 가만두지 않는 선수들의 현란한 몸놀림이 너무나 화려했다.

휘리릭—

거뭇거뭇한 피부였지만, 네 선수 모두 얼굴이 보랏빛으로 물들었다.

몸을 간결하게, 그리고 빠르게 움직이는 동안은 숨을 쉬면 안 됐다. 한 번의 호흡으로 잃는 게 너무 많기 때문이다. 지근거리에서의 난타전이 사람의 신체에 얼마나 가혹한지는, 구기 종목에서도 예외 없이 여실히 드러났다.

팡팡팡!

팡!

10초도 안 되는 시간 동안 공이 네트를 넘나든 횟수가 벌써 열 번 가까이 되자, 이재림이 로브를 띄웠다.

후욱—

네 선수 모두 드디어 입을 열어 숨을 쉬고는 바쁘게 움직이기 시작했다. 인도의 한 선수가 등을 보이고 엄청난 속도로 뛰어가기 시작했다. 한 명은 그대로 남았다.

"뒤!"

이형택이 버럭 소리를 지름과 동시에 이재림도 발을 놀렸다. 출발은 살짝 늦었지만, 베이스라인에는 인도 선수보다 먼저 도달해 있었다.

이형택과 남은 한 명의 인도 선수는 네트 앞을 지키고 있었다. 살짝 굽은 등에서 잔경련이 일고 있는 것이 보였다. 복식에서의 전위는, 그야말로 '감각의 집합체'다. 모든 것을 염두에 두고 모든 것에 반응하겠다는 마음을 먹어야 하는 것이다.

펑!

베이스라인에 도달한 인도 선수가 강렬한 그라운드 스트로크를 구사했다. 포핸드로 처리한 그 공은 이형택의 정면에 빠른 속도로 짓쳐들었다. 정확한 위치는 이형택의 오른쪽 가슴 부근이다.

　'좋은 선택이야.'

　순간적으로 영석이 감탄할 정도의 탁월한 선택.

　대부분의 라켓보다 사이즈가 큰 테니스 라켓을 오른손으로 잡은 상태에서 자신의 오른쪽 가슴으로 오는 공을 처리하기란 쉬운 일이 아니다.

　"큭!"

　팡!

　아니나 다를까, 이형택이 손목을 틀어 공을 받아냈지만, 공이 어설펐다.

　펑!

　다다다다다다!

　눈빛을 빛낸 인도의 전위가 날카롭게 빈 곳으로 발리를 찔러 넣음과 동시에, 엄청난 소리가 들렸다. 이재림이다.

　타다다닷! 끽, 끼이이이 펑!!!

　다리를 길게 찢은 이재림이 다리를 길게 찢으며 오른팔을 냅다 휘둘렀다.

　쿵─

　그러고는 균형을 잡지 못해 쓰러졌다. 쓰러지면서도 이재림의 눈은 공을 따라가고 있었다.

쿵!

대각선으로 서 있는 인도 선수들의 가운데를 절묘하게 파고 든 공이 너무나 쉽게 코트를 빠져나갔다.

짝짝짝…….

많지 않은 관중들이 홀린 듯 박수를 쳤고, 이재림은 누운 상태로 포효했다.

"커모오오오오오오온!!!!!"

이형택이 환히 웃고는 이재림을 부축해 일으켰다.

"일내겠다…….."

"…그러게."

진희가 중얼거리자 영석도 고개를 끄덕였다.

*　　　　　*　　　　　*

2004.08.19

"드디어 오늘이 왔구나."

진희의 목소리가 떨려 나온다. 긴장을 심하게 했다는 게 여실히 드러난다. 진희답지 않다.

각자 단식 3회전을 손쉽게 격파한 영석과 진희는 저녁쯤 펼쳐지는 남녀 혼합복식 1회전(16강)을 위해 시합이 열리는 코트를 눈앞에 두고 잠시 얘기 중이었다. 16강이면, 네 번의 경기만으로 금메달이 결정된다. 1회전이지만 1회전답지 않은 긴장이 성큼 다가오는 것은 어찌 보면 당연한 일이었다.

스윽—

영석이 다가가 떨고 있는 진희를 조심스럽게 안았다. 그제야 차가웠던 진희의 피부에 온기가 돌기 시작했다.

"체력은 괜찮아?"

"응? 어?"

영석의 질문에 진희의 몸이 다시 차가워졌다.

"……."

영석은 피식 웃고는 진희의 머리에 키스를 퍼부었다.

상황 파악을 하지 못하고 있는 어벙한 모습. 누가 이 선수를 WTA No.1이라고 여길까. 그러나 영석의 눈에는 그 모습조차 너무나 사랑스러웠다.

쪽쪽—

"으… 간지러워."

진희가 바둥거리며 영석의 품을 벗어났다. 조금이나마 긴장의 파도에서 벗어난 얼굴이다.

"가자."

영석이 빙글빙글 웃으며 진희의 머리를 쓰다듬었다.

코트 주변에서 이리도 속편한 모습을 영석이 보이는 일은 없다. 진희라는 요소를 제외하면 말이다.

"응!"

*   *   *

"쟤네가 질 수가 있을까요?"

복식을 보러와 준 것에 대한 답례일까. 이형택과 이재림이 관중석 한구석에 자리한 채 경기를 지켜보고 있었다. 본인들의 경기도 막 방금 끝났지만, 둘은 당연하다는 듯 코트로 와 경기를 지켜본다는 선택을 했다. 물론, 관중들이 별로 없던 남자 복식에 비해, 영석과 진희를 보기 위해 몰려든 관중들은 그 수가 어마어마했다. 못해도 수천 명은 될 것 같았다.

콰앙!

마침 영석이 서브를 날리고 있었다.

복식에서는 단식과는 달리 서브를 구사하는 위치가 미묘하게 다르게 마련인데, 영석에게 그런 것은 통용되지 않았다. 그냥 자신이 제일 편한 곳에서, 그저 평소와 같은 서브를 날렸다.

그리고 그 서브는 아득한 절망이 되어 상대 선수들을 유린했다.

쿵!

"……."

새하얗게 질린 얼굴로 자신의 옆을 스쳐 지나가는 공을 보는 여자 선수의 안색이 참으로 보기 안쓰럽다. 자세히 보면 사정없이 떨리는 어깨까지 확인할 수 있었다.

이재림의 안색이 파랗게 질렸다. 같은 한국 사람이지만, 적에게 동정이 가는 것은 왜일까.

"글쎄. 아마 테니스라는 스포츠가 생기고 난 이후에 최고로 강한 혼합복식 페어 아닐까?"

이형택도 질린 표정이다.

일단 영석이라는 존재 자체가 코트에서 큰 압박이 된다.

그 어떤 선수라도 긴장을 하고 초인적인 감각을 끌어 올려야 반응을 할 수 있을지 없을지 겨우 가닥이 서는 서브가 일단 가장 큰 재앙이다. 그것도 꼬박꼬박 차례가 오면 받아내야 한다. 물론, 선수가 네 명이라 네 번에 한 번 꼴로만 주어지는 서브였지만, 그 서브를 여자 선수도 겪어야 한다는 게 문제다.

광!!

진희라는 괴물은 또 어떠한가.

사실상 영석은 서브를 제외하면 그리 빛나지 않았다. 빛나는 역할은 모조리 다 진희의 것이었다. 감각적인 능력이란 능력은 모두 한 몸에 쓸어 담은 존재인 진희인지라, 복식에서 더욱더 빛을 발하는 것일지도 모른다.

끽, 끼긱!

여자 선수임에도 부드러운 지방질이 극도로 적은 진희는 쩍쩍 갈라진 허벅지 근육을 바탕으로 엄청난 속도를 발휘해 코트를 누볐다. 어지간한 남자 선수보다 나을 정도의 속도다.

광!

그 현란한 움직임 끝에 펼쳐지는 발리는 그야말로 아름다운 꽃같이 환상적이었다.

통, 투그르…….

살짝 넘어간 뒤 역으로 네트를 향해 굴러오는 발리가 나왔다.

회전을 다 죽여 방향을 예측할 수 없게 만드는 발리, 때로는 미사일만큼 힘차게 쏘아지는 발리… 온갖 종류의 발리가 코트를 잘게 쪼개며 꽂힌다.

"쟤는 겁도 없나……."

방금 전 진희가 보인 발리는 그야말로 아찔한 공이었다.

스매시 같은, 위험천만한 공이 날아오지는 않았지만, 남자 선수가 서비스라인에 서서 있는 힘을 다해 전위로 나와 있는 진희를 향해 공을 때린 것이다.

뒤에서 지켜보고 있던 영석의 얼굴이 차갑게 가라앉은 것도 잠시, 전혀 겁먹지 않은 진희는 어설프게 팔을 놀려 반응하기보다 몸 전체를 놀려 공간을 비집어내어 발리를 댔다. 그 초인적인 감각은 실로 압도적이었다. 진희의 시공간이 툭— 떼어져 별개로 돌아가는 것처럼 느껴질 정도였다.

그런 감각은 성별을 초월해서 라켓을 쥐고 있는 선수들에게 더욱 절절하게 다가왔다.

"나보다 훨씬 낫군."

이형택이 고개를 끄덕였다. 자신은 그런 상황에서 진희처럼 반응하지 못했기 때문이다.

저벅, 저벅.

내심 놀랐는지 안도의 한숨을 쉰 진희가 몸을 돌려 영석을 향해 걸어왔다.

파이팅을 외치기 위함이었지만, 진희는 자신에게 공이 빠르게 날아올 때보다 더욱더 놀랐다.

"…눈에 힘 빼."

툭, 툭.

진희가 영석의 어깨를 살짝 두드렸지만, 영석의 눈에서 뿜어져 나오는 새파란 살기는 줄어들 기색이 보이지 않았다.

'무섭단 말이지……'

예전에 모니카 셀레스 얘기를 했을 때도 영석은 과민할 정도로 살기를 뿌려댔다. 그때는 철제 의자가 영석의 손아귀에 형편없이 찌그러졌었다. 지금이라면 공으로 살인도 저지를 수 있을 것 같다는 생각이 들었다.

팡!

"라켓 부서지겠어, 남편!"

진희가 제법 강하게 등판을 치자 영석에 눈에서 힘이 살짝 빠졌다.

"…감히……"

1세트는 벌써 끝을 보이고 있었다. 프로끼리의 대전에서 쉽게 볼 수 없는 6 : 0이라는 압도적인 스코어로 말이다. 아마도 상대는 그 분노를 풀어내기 위해 무작정 공을 강하게 친 것일 게다. 그게 어쩌다 보니 전위로 나가 있는 진희에게 향했다. 인간은 무의식적으로 목표를 두고 행동을 하니 말이다. 그리고 전략적으로는 썩 훌륭한 선택이기도 하다.

그런 심리의 흐름은 영석도 이해하는 바다. …상대가 진희만 아니었다면 말이다.

혼합복식에서는 여자 선수에게 이런 공을 잘 치지 않는다. 성별이 다른 존재가 코트에 있기 때문에, 어떤 '선'을 정해놓고 플레이하는 것이 혼합복식의 암묵적인 룰인 것이다.

"평생 오늘을 잊지 못하게 해주지."

"……."

진희는 투지(?)에 불타는 남편을 보며 고개를 절레절레 저었다.

*　　　　　*　　　　　*

영석과 진희의 혼합복식 1회전은 6 : 0, 6 : 0이라는 실로 나오기 힘든 스코어로 끝이 났다. 100위권 선수들의 페어와 1위 페어라는, 랭킹에 입각한 차이로도 설명이 되지 않는 압도적인 경기력을 보여줬는데, 반쯤은 흥미 삼아 경기를 관전했던 관중들은 복식 테니스에 매료되고 말았다. 일방적이면서도 압도적이지만, 그 속에 녹아 있는 영석과 진희의 환상적인 기술을 역력히 알 수 있었기 때문이다.

"쟤들은 남자 복식에 나왔어야 해요."

경기가 싱겁게 끝나는 모습을 본 이재림이 몸을 일으키며 한마디 하자, 이형택도 동감한다는 듯 고개를 끄덕였다.

"테니스가 세부 종목이 다섯 개인데, 그중 세 개의 주인은 저 둘이구나."

남자 단식, 여자 단식, 혼합복식을 일컫는 것이다.

앞으로는 영석과 진희의 이름을, 세계의 스포츠 팬들은 정말이지 질리도록 들을 것이다.

"한 개는 우리 거예요, 형."

"응?"

"우리도 따야죠, 금메달."

그렇게 말하며 씨익 웃는 이재림을 본 이형택은, 순간 말을 잃고 말았다. 가볍게 뱉은 말 같지만, 이재림의 배포와 각오가 절절하게 느껴졌기 때문이다.

"그래, 따야지."

후배들에게 압도되는 것은 늘 비릿한 열등감을 자극하지만, 그럼에도 이형택은 땅을 보기보다 하늘을 보며 나아가는 것을 멈추지 않았다.

이번에도 그럴 것이다.

*　　　*　　　*

"앞으로는 코트에서 화내지 마. 무섭잖아."

시합이 끝난 영석과 진희는 상쾌하게 샤워를 하고는 마주 앉아 저녁을 먹으며 담소를 나누고 있었다. 컨디션을 논할 수 없을 정도로 빨리 끝난 시합 덕분에 늦은 오후에도 몸이 쌩쌩했다.

"아니, 그놈이 공을 그렇게 치는데……."

다시금 떠올려서일까. 영석의 관자놀이에 굵은 핏줄이 선다.

"…뭐, 화났다고 해도 저쪽 여자 선수한테 더러운 공 안 보낸 건 칭찬할 만하지만……. 내가 무서워서 신경이 쓰여."

정말이지, 진희는 아까만 생각하면 등허리에 솜털이 비죽 설 정도로 무서웠다. 사람이 이렇게 자신의 기운을 퍼뜨릴 수 있다는 게 신기할 정도로 농밀한 살기가 넘실댔던 것이다.

그렇다고 공을 강하게 쳐서 분노를 표시하는 것도 아니었다. 영석은, 그야말로 바늘구멍을 공으로 통과시키겠다는 듯 엄청난 세밀함으로 상대를 괴롭혔다. 덤으로 진득한 살기까지 담아서.

몸을 바쁘게 놀려도 식은땀밖에 나지 않는 괴로움 속에서, 상대는 어찌해 볼 여지도 없이 무릎을 꿇었다.

진희의 역할은, 먹기 좋게 넘어온 공을 네트 근처에 서성이다 가 냉큼 먹는 것이었다.

'그게 영석이의 실력이지만……'

진희가 나직하게 한숨을 내뱉었다. 평소답지 않게 아이같이 구는 영석을 어떻게 달래야 할지 막막하기 때문이다.

"그래도 화를 내준 건 고마워."

"……."

진희의 한마디에 영석의 입꼬리가 살짝 들썩였다. 그 모습을 본 진희는 내심 한숨을 더 쉬었다. '쟤가 언제부터 저랬을까'라 는 의미의 한숨이다. 그래도 내심 기분은 좋았다.

"분노를 컨트롤한 것도 멋있었고."

그 말에 딱딱하게 굳어 미끈미끈했던 영석의 얼굴에 실금들 이 쫙쫙 가더니 완전히 생기를 되찾았다.

"큼, 무엇보다 네가 안 다쳐서 다행이야."

영석은 그렇게 말을 하고 눈앞에 놓인 고기를 큼지막하게 썰 어 입으로 가져갔다. 진희는 그 모습을 보며 빙글빙글 웃었다.

　　　　　*　　　　　　*　　　　　　*

　2004. 08. 20.

　아테네 올림픽 테니스 종목 일정도 이제 절반 정도 지나고 있었다. 테니스 국가 대표는 그 어느 때보다도 높은 성취감에 젖어 있었다.

　남자 단식 이영석, 여자 단식 김진희, 남자 복식의 이형택과 이재림, 혼합복식의 이영석과 김진희, 고승진과 조윤정이 살아남은 상태다. 다섯 개의 세부 종목 중 네 개의 종목에서 이 시기까지 남아 있는 선수들이 있었던 적이 있는가. 결단코 대한민국 역사상 올림픽 테니스 종목에서 이처럼 좋은 모습을 보인 적은 없다.

　"기특한 것들……."

　시합이 매일같이 이어지는 터라, 아주 격한 움직임을 보이진 않지만 선수들은 자신들에게 필요한 훈련을 누가 강권하지 않았음에도 자발적으로 행했다. 그건 눈빛을 보면 알았다.

　김태진 감독은 구슬땀을 흘리는 선수들을 보며 흡족한 미소를 지었다.

　이영석과 김진희라는, 천외천(天外天)의 인재들이야 당연히 한국이라는 울타리 안에 있는 것만으로 만족해야 한다. 만족? 아니, 감사해야 할 일이다. 이 둘이 좋은 성적을 내는 것은, 그야말로 당연한 일이다.

　김태진을 만족시킨 건 이형택, 고승진, 이재림, 조윤정 등… '한국 테니스의 산실'이라 불리는 선수들의 활약이다. 이형택과 이재림은 남자 복식 QF(8강)에서 좋은 경기력을 선보여 SF(4강)에 진출하게 됐다. 기대하지 않았던 고승진과 조윤정 조도 1회전을 무사히 통과하며 2회전인 QF(8강)진출을 했다.

"…상태가 좋습니다."

최영태가 옆에서 김태진에게 나직하게 말했다. 얼굴이 살짝 붉게 상기된, 보기 드문 상태의 최영태 또한 내심 이 상황이 너무나 마음에 들었다. 아무리 기존의 국가 대표 출신과 다르게 개인주의적 성향이 강했다지만, 그도 태극 마크를 단 후배들이 잘하고 있는 모습이 보기 좋았다. 그건 부정할 수 없는 일이다.

"영석이랑 진희는… 내가 도저히 뭘 가르칠 수 없군."

"……."

영석과 진희는 누가 시키지 않아도 스스로의 문제점을 잘 알았다.

남들이 보기에는 '그게 문제라고?' 싶을 정도로 스스로를 대하는 기준이 엄격하여, 코치진에서 손을 쓸 수조차 없었다. 영상을 계속 촬영하여 미세한 폼의 차이를 그때그때 지적해 주는 것 정도가 그들이 할 수 있는 최선이었고, 직접적으로 유일하게 도움이 되는 건 물리치료사인 이창진뿐이었다.

펑! 펑!

영석과 진희가 몸을 풀고 있는 옆 코트에선 고승진과 조윤정이 몸을 놀리고 있었다.

"이대로 올라가면… 4강에서 만난다고?"

"네."

자신도 알고 있는 사실을, 굳이 최영태에게 물어본 김태진의 얼굴에 안타까움이 스쳐 지나갔다.

"벽이 너무 높아."

"…덮어놓고 절망할 애들은 아닙니다."

최영태는 담담하게 답했다. 본인이 영석과 진희의 담당 코치라서 하는 말이 아니다. 고승진과 조윤정의 눈빛도 형형하게 빛나고 있는 것을 잘 알고 있어서 한 말이다.

*　　　　　*　　　　　*

2004. 08. 21.

남자 단식, 여자 단식, 남자 복식, 여자 복식 등 네 개 종목의 4강과 함께 혼합복식 QF(8강)이 치러지는 날이 밝았다.

"이제 슬슬 몸에 무리가 오기 시작하는군요."

꾹, 꾹!

이창진이 자신 앞에 엎드려 누워 있는 영석의 몸을 도공처럼 섬세하면서도 대장장이처럼 단호하게 다뤘다. 아침에도 몸을 움직였었는지, 둘의 몸은 제법 단단하게 부풀어 올라 있었다.

"…크음……."

영석은 날카로운 고통이 뇌리를 스치는 것을 참고 침음을 흘리는 데 그쳤다. 옆에 누워 있는 진희가 쿡쿡 웃음을 터뜨렸다.

"그래도 초반 일정에 여유가 있어서 이 정도입니다."

허벅지의 한 부분을 엄지로 누르자 영석의 몸이 의지와 상관없이 펄떡인다.

"…저는 쌩쌩하다고 느꼈는데 말이죠."

"체력 문제가 아닙니다."

하루에 두 경기를 치를 수도 있는 날이 포함된 팍팍한 일정.

32강 정도 되면 하루 경기를 하면 하루 쉴 수 있지만, 8강에 이르면 얘기가 달라진다. 하루에 두 경기를 치를 수 있는 가능성이 크게 열리는 것이다.

"아무리 빠르게 경기를 끝내도, 시합은 시합. 몸에 피로가 쌓입니다."

"그렇죠."

이창진의 말은 정론(正論)이었다.

"들어와."

영석의 물리치료를 마무리한 이창진이 방문을 향해 외치자, 한 명의 여자가 들어왔다. 진희를 담당하여 물리치료를 행할 물리치료사다.

"우선……."

이창진이 여기저기 진희의 몸을 손가락으로 가리키면 여자는 그대로 지시에 따랐다.

"억……!"

영석을 보며 웃었던 진희는 몇 번이고 단말마를 지르며 고통에 겨워했다.

＊　　　＊　　　＊

"휴우."

사실 영석은 '그'에 대한 기대를 2004년엔 살짝 접은 상태였다. 그리고 그는 영석의 꺾인 기대에 부응했다.

'탈락이라니……'

진즉에 알고 있는 사실이었지만, 자신 앞에 선 선수를 보니 한숨부터 나왔다.

—Nicolas Massu.

한 번도 대전해 보지 못한 칠레의 선수다.

그리고 페더러를 이기고 올라온 선수이기도 하고 말이다.

'4강에 칠레가 둘.'

나머지 한 명은 영석도 인정하는 포핸드의 귀재, 페르난도 곤잘레스였다. 심지어 이 둘은 복식으로도 승승장구하고 있었다. 이번 아테네 올림픽 테니스는 누가 뭐래도 칠레의 선수들이 큰 활약을 펼치고 있다.

"…오늘이 내 인생 최고의 날이군. 정말이지 최고야."

180이 살짝 넘는 키, 마구 길러 한데 묶은 긴 머리칼, 남미 사람 특유의 거친 느낌을 갖고 있는 니콜라스가 영석에게 손을 뻗었다.

"기대에 부응하지."

영석은 짧게 답하며 눈을 빛냈다.

여러 가지 의미로 거인(巨人)에 속하는 영석의 칼날과도 같은 눈빛을, 니콜라스는 담담한 척 받아들였다.

콰앙!!

여전히 소름이 돋는 절대(絕對)의 위력을 가진 서브가 코트를 수놓는다.

펑!!

그리고 귀신이라도 들린 듯 꼬리가 이어지는 안광을 뿌리며 니콜라스가 팔을 휘둘러 리턴에 성공했다.

'흐음…….'

제법 놀랐는지, 영석이 나직이 감탄했다.

하지만 그것과는 별개로 영석의 몸뚱이가 벼락처럼 직선을 긋는다.

쾅!!

자신의 오픈 스페이스로 몸을 날리고 있는 니콜라스가 원래 서 있던 듀스 코트로, 공은 곧게 날아갔다.

쿵!

"피프틴 러브(15 : 0)."

공이 네트 위를 세 번이나 건넜지만, 걸린 시간은 5초도 안 됐다.

니콜라스는 황망한 눈빛이었다. 리턴으로 인해 영석이 놀라기를 바랐던 기색이 역력히 느껴진다.

'방심은 하수나 하는 거고.'

영석은 피식 웃고는 몸을 돌려 볼 키즈에게 공을 받았다.

'솔직히… 대단한데?'

공을 주고받는 중, 영석은 미친 듯이 뛰어다니는 니콜라스에게 완전히 감탄하고야 말았다. 지금 니콜라스는, 명백히 초일류의 몸놀림을 보이고 있었다.

152승 135패 정도의, '프로의 세계에서 살아갈 자격이 있지만, 두각을 보이지는 못한' 평범한 선수가 말이다.

'올림픽이… 자신에게 다시없을 기회라는 걸 알고 있는 거지.'

상대가 누구든 박살을 내고야 말아버리는 영석 같은 존재는 한 시대에 끽해야 한둘에 불과하다. 나머지 모든 선수들은 자신의 장단점을 품에 안은 채 꾸준히 실력을 키운다.

기다리기 위해서다. 모든 때가 맞아떨어져야 찾아오는 '운'이라는 기묘한 녀석을 말이다.

펑! 펑!

다시 한번 코트 위를 가르는 직선이 교차한다.

영석의 눈썹이 꿈틀거렸다. 니콜라스가 받아내지 못할 공을 쳤다고 생각했기 때문이다.

"흡!"

콰앙!

1위부터 200위 정도의 선수 간에 존재하는 실력 차이는 고작 종이 몇 장.

평소에는 넘어설 수 없는 종이 한 장이지만, 같은 프로인 이상 한두 번은 이길 수도 있다. 니콜라스는 대전 운이 좋았던

게 아니다. 페더러를 8강에서, 영석을 4강에서 만난다는 것은 절망의 다른 이름에 불과하기 때문이다.

니콜라스가 이번 올림픽에서 타고난 운은 바로 '기세'다.

'페더러도 잡았겠다……'

그게 그의 인생에 있어 페더러에게 거둘 수 있는 몇 안 되는 승리의 기회 중 중 한 번에 불과하다 할지라도, 어쨌든 그는 이겼다. 거기에 남자 복식에서 곤잘레스와 함께 엄청난 기세로 승리를 쌓아가고 있다.

"눈이 뒤집히겠지."

목숨을 태워서라도 이번 기회를 놓치지 않을 것이다. 프로로 살아가고 있는 사람이면.

"훅ㅡ!"

펑!!

상의가 펄럭이며 배가 드러날 정도로, 영석은 온몸의 회전력의 그대로 풀어내어 팔을 휘둘렀다. 느낌이 좋다.

프로가 때로는 무모함의 반의어처럼 느껴지기도 했던 나날, 자신의 모든 것을 내걸고 있는 상대를 만나 승부욕이 끓었다.

'기억해 주지.'

영석의 시선을 받은 곳, 그곳엔 니콜라스가 장발을 휘날리며 눈을 부릅뜨고 도망가려는 공을 쫓고 있었다.

Chapter 97
올림픽의 끝을 향해

펑!!!

너무나 간단하고, 너무나 합리적이어서 몇백 번을 돌려봐도 그저 감탄만 나오게 되는 영석의 잭나이프가 터지고, 공이 직선을 그으며 레이저처럼 뻗어나간다.

쎄엑—

그 위력과 정밀함은 시간이 흐를수록 상승 곡선을 그리며, 영석이라는 선수의 끝없는 역량을 가늠하지 못하게 만들었다.

두두두두두두—

이제는 스텝의 의미를 찾기 힘든, 거의 육상처럼 달려가는 니콜라스의 모습이 영석의 망막에 세밀하게 맺힌다. 효율성과 세련됨이라고는 눈을 씻고 봐도 찾을 수 없지만, 그는 빨랐다.

그것도 아주.

'초점이 없잖아⋯⋯.'

그 먼 거리에서도 니콜라스의 시뻘건 눈은 또렷하게 보였다.

눈을 얼마나 깜빡이지 않았는지, 시뻘건 혈선이 거미줄처럼 수정체에 그득하다. 공을 보고 있는 것은 확실한데, 어딘가 먼 곳을 응시하는 것 같기도 하다.

끼이익— 쾅!!

마치 차가 추돌 사고를 일으키듯, 엄청난 마찰음 끝에 폭발적인 타구음이 들려온다. 영석은 크게 떠지려는 눈가를 부여잡았다. 덕분에 가늘게 눈가가 경련한다.

"⋯훙."

소름이 돋았다는 사실을 인정하기 싫었는지, 날숨에 미묘한 코웃음이 섞여 새어 나왔다.

니콜라스가 돌려보낸 공은, 영석이 보낸 공과 비슷한 속도로 들어왔다. 그리고 예리했다. 얼마나 예리했는지, 100분할로도 코트가 모자랄 것 같았다.

훅—

소위 '작두 탄 날'을 맞이한 니콜라스는, 뛰는 것도 **빨랐고**, 공도 **빨랐다**. 효율적이고 합리적인 모습은 온데간데없지만, 대신 직관적이었다.

—빠르고 강하다.

스포츠의 세계를 넘어, 짐승의 세계처럼 여겨질 정도로, 지금 코트 반쪽을 잠식한 기운은, 굉장히 본능적이었다.

'소용없어.'

끽, 끼긱!

팡!

하지만 나머지 반쪽이 너무나 차가웠다. 순수 이성의 영역이었다.

한껏 허리를 비틀다가 임팩트의 순간 라켓을 살짝 뒤집어 공에 백스핀을 건 영석이 공을 바짝 쫓아갔다.

툭, 툭…….

끽!

끽!

갑작스러운 드롭 발리.

공이 두 번 튕김과 동시에 영석과 니콜라스는 네트를 사이에 두고 바짝 붙어 섰다.

파지직—

영석이 서늘한 눈빛을 보냈지만, 니콜라스에게 어떤 작용을 일으키진 못했다. 금세 몸을 돌려 베이스라인으로 돌아가는 니콜라스는, 마치 신이 들린 것처럼 보이기도 했다.

놀랄 정도로, 몸의 빠르기도 비슷하고 공의 강함도 비슷하다.

섬세하게 코트를 다루는 건 영석이지만, 믿기지 않을 정도로 아슬아슬하게 공을 보내는 건 니콜라스다. 눈에 띄는 차이는 단둘, 서브와 리턴뿐이었다. 그건 너무나 선명하게 드러나는 재능의 격이기 때문에, 니콜라스의 입장에선 어찌할 도리가 없다.

'그게 절반은 먹고 들어가지…….'

콰앙!!

쉬익― 쿵!

마침 이번 4강 최고의 서브가 들어갔다. 아주 미묘한 차이지만, 손을 울리는 충격이 굉장히 마음에 들었다. 니콜라스가 움찔 몸을 떨더니 그냥 공을 보내고 말았다. 서브가 센터로 꽂히며 예상과는 반대의 코스로 들어왔기 때문이다.

"……?"

전광판을 보자 '220'이라는 숫자가 보인다. 생각보다 느린(?) 속도에 영석이 고개를 갸웃한다.

'속도에 비해서 너무 손맛이 좋았는데……?'

저벅, 저벅―

애드 코트로 몸을 옮기며 생긴 짧지만 방대한 시간 동안 영석은 고민에 빠졌다. 뭔가 힌트 같은 게 떠올랐기 때문이다.

'굳이 그런 게 없어도 되긴 하지만…….'

힘들지만, 분명히 앞서 나가고 있고 질 거란 생각은 조금도 들지 않았다. 니콜라스가 작두를 타다 못해, 하늘을 날아다녀도 이길 자신이 있기 때문이다. 하지만 모처럼 얻은 성장의 기회다. 탐욕을 부리지 않을 수 없다.

'저 인간이 완전히 속은 건 자신의 예상에 발을 너무 깊게 담갔기 때문이지. 서브야 그렇다 치더라도, 랠리에서도 예상을 깊게 하는 편이었어. 예상, 예상이라…….'

무엇이 그로 하여금 '확신'에 가까운 예상을 하게 만들었을까.

습관을 파악한 것일까? 영석은 고개를 저었다. 일본에게 제법 연구당한 이후로는 폼으로 타구를 예상할 수 없게끔 만드는 게 지상 과제였다.

'칠 수 없는 공을 쳤어. 본인에겐 최악일 텐데 어떻게……? 응?'

머릿속에 짧은 빛줄기가 스치듯 지나갔다.

"최악, 최악이구나……."

영석은 멍하니 서서 니콜라스를 바라봤다. 믿기 힘든 슈퍼 플레이를 몇 번이고 계속해서 보여주고 있는 비밀을 깨달았기 때문이다.

─최악을 상정하는 것.

영석의 칼은 치명적이다.

격도 높아, 칼끼리 부딪히는 횟수는 극히 드문, 엄청난 고수인 셈이다. 딱히 성격이 급해서 상대를 빨리 죽여야 하는 건 아니다. 그저 그게 최선의 길이라 판단이 됐기 때문에 행할 뿐이다. 순간순간 가장 허점이 많은 곳, 가장 치명적인 곳을 향해 아무런 망설임 없이 칼을 쑥 들이미는 것이 영석의 플레이 스타일이다.

'상상력이 좋군. 그리고 보기와 다르게 냉철해.'

본인이 지금 어딜 찔릴 것 같은지 냉철하게 파악해야 하고, 쓸데없는 계산은 밀어두고 즉각적으로 반응할 준비를 해야 한다. 그렇지 않다면 반쯤은 각성한 상태로도 영석을 상대할 수 없다. 그 사실을 니콜라스는, 그 누구보다도 잘 알고 있었다.

'그래서 본능만 남았군.'

영석이 혀를 살짝 빼 입술을 핥았다.

완전한 포식자의 입장에 서 있는 독사의 눈빛이 이러할까. 맛있게 먹는 것만을 남겨뒀다는 듯, 잔혹함이 줄줄 흘러나온다.

'괴롭혀 주마.'

아마 상대가 사판이었다면, 페더러였다면… 영석도 많은 걸 벗어던지고 본능의 세계로 뛰어들었을 것이다. 하지만 상대는 그 둘이 아니다. 아주 여유롭진 않지만, 조금의 정신적인 여력을 남기고 상대할 수 있는 선수를 만난 지금은, '포식하는 방법'에 빠져들 수 있다.

*　　　　*　　　　*

펑!

펑!!

끼긱! 끽!

코트에는, 타구음과 숨소리, 그리고 바쁘게 발을 놀리는 소리만 가득했다.

"……."

지켜보는 관중들은 역력하게 긴장한 모습으로 니콜라스를 조마조마한 눈빛으로 바라봤다.

쿵!

마침 영석이 보낸 공이 100분할의 50번을 찍고 코트 바깥으로 빠르게 빠져나갔다.

"푸우— 푸우……."

니콜라스가 허리를 숙이고 거칠게 숨을 몰아쉬었다. 거미줄처럼 혈선이 가득했던 수정체가 멀끔한 흰색으로 되돌아왔고, 동공도 또렷해졌다.

'정신이 또렷해진 거지.'

더불어 생각도 많아진 것이다. 생각이 많아진 만큼, 몸의 반응은 느려진다. 그리고… 원래의 실력으로 돌아온 것을 뜻하기도 한다.

"……."

영석은 마치 클레이에서 플레이를 하듯, 아니, 그보다 더 복잡한 계산을 하며 차근차근히 랠리를 풀어나갔다. 길 때는 30구까지도 랠리가 진행됐으니, 경기의 양상이 완전히 뒤바뀐 것이다. 여유를 가지고 지구전으로 가며 상대가 머리를 쓰게끔 만들었다. 이전에는 가짓수가 두세 가지였다면, 이제는 대여섯 가지로 늘렸다. 단지 그뿐이었다. 그것만으로 니콜라스는 서서히 무너져 내려갔다.

쾅!!

1세트 첫 포인트와 변하지 않은 것.

그것은 서브뿐이었다.

끽!

홍— 틱!

마치 회광반조(回光返照)처럼, 눈에 불을 켠 니콜라스가 재빠르게 공을 포착하고 간결하게 라켓을 휘둘렀다. 하지만 공은 라켓의 밑을 살짝 스치고 지나갔다. 무정하게도.

"게임 셋 매치 원 바이……."

짝짝짝…….

활화산같이 슈퍼 플레이가 빵빵 터졌던 초반부와 달리, 후반부로 갈수록 너무나 기량 차이가 확연하게 나서였을까. 박수와 간간이 섞여 나오는 환호 소리가 그리 크지 않았다.

"역시… 오늘은 인생 최고의 경기를 펼쳤어."

"…영광이군. 수고했어."

영석은 짤막하게 대답하고는 니콜라스의 등을 살짝 두드려 줬다. 손가락에 걸리는 니콜라스의 머리카락이 굉장히 건조하게, 힘없이 나부꼈다.

〈7 : 5, 6 : 3〉

SF의 최종 스코어가 전광판에 선명하게 찍혀 있었다.

*   *   *

"나 죽네……."

진희가 피로로 거뭇하게 가라앉은 얼굴을 하고 비틀비틀거렸다.

"홍삼 하나 줄까?"

"응……."

마찬가지로 꽤 피곤한 듯 살짝 초췌해진 영석이 주머니에서 홍삼 한 팩을 꺼내 입구를 뜯은 후 진희에게 건넸다. 진희는 그걸 받자마자 단번에 들이켰다.

"…캬아! 피가 쫀득쫀득해지는 이 느낌!"

"……."

그럴 리야 없겠지만, 벌써 효과를 봤다는 듯 눈을 반짝여 본 진희는 5초도 안 되어 다시 시무룩해졌다.

"나암퍼어어어어언. 피고내에에에."

빨리 잠들면 될 것을, 진희는 굳이 영석을 괴롭히고 있었다. 당연한 일이다. 아무리 피곤하고 졸려도 평소 잠에 드는 시간과 비슷하게 잠드는 것이 컨디션의 일관성을 위해 좋기 때문이다.

"그러고 보니, 내일 선배님들이랑 시합이지?"

"으… 듣자마자 피곤해지는 말이 날 괴롭힌다아아아!"

진희가 아예 영석의 무릎에 누워서 축 늘어졌다. 영석은 안쓰러운 눈빛으로 진희를 천천히 쓰다듬었다. 끝이 다가오고 있고, 그만큼 피로도 절정을 찍고 있기 때문이다.

하루에 두 경기를 치른 오늘.

남녀 혼합복식 QF(8강)을 끝으로 8월 21일의 일정이 모두 끝이 났다. 올림픽 전체 일정의 절반을 살짝 넘긴 지금, 영석과 진희에게 남은 경기는 각기 셋이었다.

8월 22일엔 영석이 조금 여유가 있다.

여자 단식 결승전과 3, 4위전이 진행되어 금·은·동메달의 행방을 가린다. 남자 복식도 이날 금·은·동메달이 결정된다. 여자 복식 SF가 있지만, 대한민국 대표팀은 여자 복식에 진출한 팀이 없다. 22일의 마지막 스케줄은 남녀 혼합복식이다. 4강에서 대한민국 선수들끼리 맞붙게 되었는데, 영석과 진희의 상대는 조윤정과 고승진이었다. 이날의 승자는 금메달을 노릴 수 있고, 패자는 동메달을 노려야 한다.

대망의 마지막 날인 23일은 남자 단식, 여자 복식, 혼합복식 모두가 결승전과 3, 4위전을 치른다.

"…마음을 굳게 먹자고."

영석이 사뭇 단호하게 느껴지는 말을 했지만, 진희는 눈을 동그랗게 뜨고는 답했다.

"내가 누구야. 피도 눈물도 없는 잔혹무비한 대(大) 김진희야. 내일만큼은 그분들… 모르는 사람이야."

"쿡."

그 너스레에 영석이 웃음 지었다. 그 모습이 보기 좋았는지, 진희 얼굴에도 미소가 번져 나갔다.

*　　　　　*　　　　　*

2004.08.22.

바야흐로 여자 단식 결승이 펼쳐지는 날이 밝았다.

고오오오오—

코트 하나를 내려다보는 수많은 관중들은 기대와 흥미로 번쩍이는 눈빛을 하고 있었다. 하지만 곳곳엔 무덤덤한 눈빛을 하고 있는 관중들도 있었다.

"여기서 70%는 테니스를 모르는 사람이군요."

영석의 말에 최영태도 고개를 끄덕였다.

전광판에 새겨진 이름이 너무나 익숙했기 때문에, 기존의 테니스 팬들은 무덤덤한 것이다. 올림픽을 즐기러 온 관중들이야 금메달이 결정되는 이 경기가 흥미롭기야 하겠지만.

"에냉이 정말 지긋지긋하구나."

"대단하죠. 어느 대회에서도 진희랑 4강 아니면 결승에서 붙으니까……. 사실 올해는 진희가 너무 완벽해서 그렇지, 라이벌들도 잘하고 있어요."

"음."

의미 모를 소리로 답을 대신한 최영태를 옆에 둔 영석은 어젯밤 진희와 얘기했던 걸 떠올렸다. 잠에 들 시간까지 수다를 떤 것이다.

주로 대한민국 대표 선수들의 메달 소식에 대해 얘기를 나눴었다. 진종오, 이보나, 박성현, 이성진… 메달의 색깔을 가리지 않고, 영예로운 결과를 기록한 선수들에 대해 얘기하며 피곤을 날렸었다.

특히, 양궁 여자 개인전 금메달리스트인 박성현 선수와 은메달리스트인 이성진 선수의 결승전에 대한 얘기가 길었다.

'진희가 그랬지……. '시청자들은 누가 이겨도 상관없이 아주 행복했을 것 같아'라고.'

아무리 센 척해도 올림픽이라는 무대에서 선배들과 4강에서 만나는 것이 퍽 아쉬웠는지, 진희는 연달아 한숨을 내쉬었었다. 결승전이었으면 얼마나 좋았을지에 대한 얘기만 10분 넘게 했었다. 결국 영석이 '친구랑 금메달 은메달 나눠 가지니까 너도 좋은 거야.'라는 말을 하고나서야 진희는 씨익 웃음을 지었었다.

―와아아아아!!

선수들이 입장을 하자 거대한 환호성이 들리기 시작하고 영석은 상념에서 깨어났다.

'······.'

어제의 피로는 신기루였는지, 손을 들며 입장하는 진희의 얼굴에서 밝은 빛이 뿜어져 나왔다. 아니, 아예 콸콸 쏟아지는 듯했다.

에넹은 다소 긴장된 표정이었지만, 그건 영석의 눈에 보이지 않았다. 영석은 오로지 진희만 시야에 담았다.

"힘내라."

                    *   *   *

"······."

지켜보는 모든 이들이 침묵을 지켰다.

기대하고 있던 일반 관중들은 물론이고, 기대하고 있지 않던 골수팬까지 모두 일관된 침묵을 보였다. 사정은 영석이라고 다르지 않았다.

펑!!

에닝의 백핸드가 터진다.

원 핸드임에도 남자 선수 이상의 정교함과 아름다운 궤적의 스윙이 화려하게 허공을 수놓았지만, 소용이 없었다.

끽, 끽!

완벽하게 공간을 쪼개고 위치를 점하는 데 성공한 진희가 특유의 간결한 투 핸드 백핸드 스윙을 펼친다.

펑!

힘도, 우아함도 없지만 타이밍과 타점이 완벽한 것 하나만으로도 공은 강력하게 뻗어나갔다.

쉬익—

크로스로 보내온 공을 직선으로 보냈기 때문에, 듀스 코트로 향하는 공은 에닝의 오픈 스페이스에 해당했다.

끽, 끼긱!

펑!

에닝이 간신히 따라붙어 포핸드로 공을 걷어냈다.

꽤나 힘들었을 텐데, 손목의 세밀한 감각을 이용해 크로스로 보내는 데 성공한 에닝은 곧바로 허리를 쭉 펴고 진희의 공에 대비했다.

끽! 펑!!

이번에도 스트레이트로 공을 보낸 진희.

하지만 방금 전과는 타이밍의 차원이 달랐다. 반 박자를 넘어서 거의 한 박자에 가깝게 더 빠른 스윙 타이밍을 가져간 공은 라이징과 다름없었다.

쉭—

이번에도 발에 불이 붙을 정도로 전력 질주를 한 에냉은, 공이 아슬아슬하게 라켓을 비껴 나가는 것을 지켜볼 수밖에 없었다.

"더 가지고 노는구나."

"…완벽하네요."

진희가 타이밍과 타점을 자유롭게 가져가는 스타일의 플레이를 무기로 삼는 거야 이제 알 만한 사람들은 다 아는 사실이다.

발까지 빠르니 진희가 하고 싶은 대로 경기가 흘러가면, 그 누구도 벽을 깰 수 없다. 그 벽을 깨는 데에 조금이라도 성공한 선수는 세레나와 에냉을 비롯한, 라이벌들이었다.

힘, 속도, 정교함… 무엇이 되었든, 진희보다 높은 능력치를 하나쯤은 갖고 있어야 시합을 비벼볼 만하게 되는 것이다.

"에냉이 못하고 있는 거 아니지?"

"살벌하게 잘하고 있는데요……."

에냉은 속도와 백핸드를 이용해 진희에게 대항했던 선수다. 오늘 역시 컨디션이 상당히 좋아서 본인의 강점을 극대화하고 있었다. 하지만 통하지 않았다. 왜인지 모르게 오늘의 진희는 범접할 수 없는 격차를 보이고 있었다. 날카롭게 날을 갈아 뾰족하게 빛을 내는 칼날을 보는 듯했다. 아무리 얇아지고 날카로워져도 결코 부러지지 않는 칼날 말이다.

"모든 부분에서 평소보다 조금씩 더 잘하고 있어."

"저만 그렇게 본 게 아니네요. 피로 때문에 예민한 건가?"

"그것도 맞겠지만… 그럼 왜 메이저 결승보다 잘하는 거지?"

최영태와 대화를 나누다 보니, 영석은 어렴풋이 답을 알 것만 같았다.

"메이저랑은 다르잖아요. 올림픽이."

"…올림픽. 그래, 올림픽."

두 사람이 납득하고 있는 가운데, 어느새 결승전의 매치 포인트가 펼쳐지고 있었다.

콰앙!!

에냉의 서브 게임.

듀스 코트에서 와이드로 꽂아 넣은 퍼스트 서브는 굉장했다.

끽, 펑!

워낙 좋은 코스로 들어간 서브라, 진희가 크게 발을 디디며 오른팔을 휘둘렀다.

끽, 끼긱!!

에냉의 작은 몸이 세련된 움직임을 보이며 저돌적으로 네트로 향한다.

팡!

길게 팔을 뻗어 포핸드 발리로 진희의 리턴을 다시 돌려보낸 에냉은, 이 포인트를 따냈다는 듯 살짝 안도한 표정이었다. 공은 애드 코트로 쭉쭉 뻗어나가고 있었기 때문이다. 그야말로 교과서적인 서브 & 발리.

두두두두두!

진희가 고개를 처박고 엄청난 속도로 달린다.

100미터 육상 선수처럼 엄청난 순간 가속도로 달린 진희가 오른팔을 쭉 뻗는다. 하필이면 애드 코트 방향이라 오른손잡이에겐 백핸드의 영역에 속해 거리가 더 필요했다.

끼이이익—

길게 다리를 찢어 넘어지듯 푹 꺼진 진희의 라켓에 공이 닿았다.

펑!

어설픈 공. 그러나 로브처럼 높고 길게 솟아올랐다. 에냉이 트로피 자세를 만들며 빠르게 백스텝을 밟았다.

한 번 바운드된 후에 공을 치는 그라운드 스매시냐, 공이 떨어지는 걸 그대로 낚아채듯 치는 스매시냐의 선택에 기로에 놓이게 된 에냉은 다부지게 라켓을 쥐어 잡았다.

'스매시.'

영석은 볼 것도 없이 그라운드 스매시를 선택지에서 지웠다. 하지만 과연 진희도 그랬을지는 의문이다.

끽, 끼긱!

그깟 한 포인트, 그냥 내줘도 매치 포인트는 유지되건만, 진희는 마치 자신이 지고 있는 것처럼 사력을 다해 움직였다. 그 움직임은 처절하기까지 했다.

'잘하고 있어. 센터마크로 가.'

마음속으로 응원을 하는 것과 동시에, 진희도 센터마크로 몸을 옮겼다. 프로라면, 거의 60%의 확률로 상대의 스매시를 앞두고 센터마크를 찾을 것이다.

'눈을 봐.'

에냉의 눈은 얼음장 같았다.

아니, 차갑지는 않았으니 유리알 같다고 해야 한다.

우냐, 좌냐.

테니스의 영원한 고민이 진희에게도 내려앉았다. 어느 한쪽을 생각해야 한다. 스매시는 보고 반응할 수 있는 차원의 공이 아니다.

'나 같으면 애드 코트.'

오른손잡이는 당연히 듀스 코트로 보내는 걸 더 선호한다. 크로스가 인사이드―아웃보다 쉬운 것과 마찬가지의 논리다. 하지만 에냉은 초일류의 선수다. 어렵고 쉬운 차원의 문제는 그녀에게 하등의 고민거리도 안 된다.

고민이 있다면, '속일 수 있느냐, 없느냐' 뿐이다.

콰앙! 끽!

에냉이 팔을 세차게 휘두름과 동시에 진희가 눈을 번쩍이며 좌측으로 몸을 날렸다.

"……!!"

영석은 몸속에서 피어오르는 전율에 솜털이 곤두서는 걸 느꼈다.

에냉의 선택은… 애드 코트였다.

끽, 두두두두… 콰앙!

픽! 우당탕!

진희는 달려가는 기세를 그대로 실어 양팔을 힘차게 휘둘렀다. 그러고는 몸을 두세 바퀴 굴러 코트를 벗어났다. 균형 감각을 찾을 수 없을 정도로 온몸을 던져 달린 탓이다.

벌떡!

"……."

넘어졌지만 여전히 긴장이 완연한 눈을 한 진희가 급하게 몸을 일으켰다.

—와아아아아아!!!!!

그런 진희를 기다리고 있는 것은, 엄청난 박수와 환호였다. 공은 에넹이 서 있던 코트의 볼 키즈 앞을 구르고 있었다.

털썩—

진희는 다시 주저앉아 고개를 이리저리 저으며 관중석을 훑었다. 영석을 찾는 것이다.

"……!!"

"……!!"

시합 시작 전에도 눈을 마주쳤어서, 금방 위치를 파악한 진희는 영석을 보며 손가락으로 브이 자를 그렸다.

보름달처럼 우아하게 휜 눈꼬리가 참으로 천진하고 아름다웠다.

*　　　　　*　　　　　*

대한민국 테니스의 역사를 쓰게 될 2004년 아테네 올림픽.

여태까지 단 하나의 메달조차도 보유하지 못했던 대한민국 테니스에게 처음으로 메달을 선물하게 된 건 진희였다. 그것도 금메달.

몰려드는 취재진은 거의 제정신이 아니었다.

"진희 선수!!! 소감 부탁드립니다!!"

"대한민국 테니스 첫 올림픽 금메달 축하드립니다!!"

메이저 우승컵을 들어 올려도 이제는 익숙해져서 점잖기만 했던, 얼굴을 알고 지내는 기자들이 지금은 거의 광신도처럼 굴었다.

"아, 거참. 너무 붙지 말라니까. 왜 그래요, 알 만한 사람이!"

최영태는 어느새 진희 곁으로 달려가 온몸으로 기자들을 막으며 작게 소리쳤다. 박정훈은… 도움이 안 됐다. 그도 광신도 중 한 명이었으니 말이다.

"……."

영석은 조금 떨어진 곳에서 진희를 지켜보고 있었다. 선수로서 마땅히 누려야 할 행복한 순간을 지켜주려는 것이다.

"……?"

진희가 난처한 웃음을 흘리다가 영석에게 입 모양으로 의사를 전달했다.

'먼저 가라고……?'

이재림에게 가서 긴장을 풀어주라는 의미다.

피식 웃은 영석은 몸을 돌려 한국인들로 북적이는 공간을 빠져나갔다.

"역시……."

이재림이 환한 얼굴로 고개를 끄덕였다. 이형택도 행복한 듯 함박웃음을 짓고 있었다. 몸에서 피어오르는 수증기가 된 땀은, 그들의 행복에 불을 붙였다.

"자랑스럽다."

"아이고, 영석 선생. 이거 어째… 대한민국 첫 메달의 순간을 진희에게 뺏겼으니……."

테니스는 '거의 무조건' 남자 단식이 피날레를 장식한다. 올림픽도 다름이 없었기 때문에 진희가 첫 메달을 보유하게 되었다. 이재림이 이 사실을 짚으며 조금은 약을 올렸지만, 영석은 시큰둥했다. 가방에서 라켓을 빼더니 준비운동까지 시작했다.

"반쪽의 영광은 나의 영광."

"…재미없는 놈. 라켓은 왜 꺼내?"

"시합이 늦어서 그때까지 몸 좀 풀려고. 그래도 될까요, 형?"

혼합복식 4강은 시간이 꽤 지나야 시작한다. 말도 안 되는 논리였지만, 이형택은 당연하다는 듯 고개를 끄덕였다.

"우리야 좋지. 곤잘레스만큼 강한 공 좀 쳐줘."

"네. 기대에 부응하겠습니다."

이재림은 영석이 자신에게 허락을 구하지 않을 것임을 잘 알았기에 투덜대며 영석의 등을 꾹꾹 눌렀다. 스트레칭을 돕는 것이다.

"이길 수 있을까?"

오늘은 여자 단식 결승이 있는 날이기도 하지만, 남자 복식 결승도 진행되는 날이다. 은메달이 확보된 이재림과 이형택이었지만, 그들의 눈에는 안도감보다 승부욕이 가득했다.

"못 할 건 또 뭐야."

영석은 가볍게 대답하고는 몸을 일으켰다.

"두 분에게 힘이 됐으면 좋겠네요."

"…기나 죽이지 마."

어딘가에서 들리지도 않을 푸념이 들린 것 같다는 생각을 한 영석은 가볍게 그 푸념을 밟고는 코트로 향했다.

*   *   *

"진희는 자러 갔다."

"그래야죠."

남자 복식 결승이 펼쳐지는 코트. 최영태가 슬쩍 다가와 영석에게 말을 걸었다.

늦은 오후에는 혼합복식 준결승이 예정되어 있다.

에냉이라는, 결코 만만치 않은 선수와 시합을 한 진희는 조금이라도 기력을 회복할 필요가 있었다. 취재고 나발이고 아주 최소한의 것만 행한 진희는 이창진과 여자 물리치료사가 대기하고 있는 숙소로 향했다.

쾅!

누군가의 서브보다는, 분명하게 빠르고 강한 곤잘레스의 포핸드가 터지고, 코트 안에 있는 사람과 코트를 바라보고 있는 사람들 모두 충격적인 그 포핸드에 숨을 삼켰다. 고작 연습 중에 발생(?)한 포핸드였지만, 그 위세가 차원을 달리 하고 있다는 것은 너무나 쉽게 알 수 있었다.

"…이겼으면 좋겠네."

"이길 거예요."

대한민국 남자 복식 페어와 칠레 남자 복식 페어의 결승전이 펼쳐지고 있는 이곳은, 그리 사람이 많지는 않았다.

영석에게 단식 4강에서 패배한 니콜라스, 영석과 단식 결승에서 붙을 페르난도 곤잘레스 페어는 꽤나 명성이 있는 편이지만, 전문 복식조로 이름을 날릴 정도는 아니었고, 이형택과 이재림 페어는 너무나 낯선 조합이라 그렇다. 복식이기도 하고 말이다.

"애들한테 어떻게 하라고 그랬어?"

최영태가 슬쩍 물었다.

칠레의 선수 두 명과 모두 시합한 선수는 한국엔 영석밖에 없었다. 워낙 분석력이 좋은 영석이기에 많은 정보를 영석에게 의존했다.

"곤잘레스의 포핸드는… 단식일 때는 무섭지만, 복식에는 그다지 무섭지 않을 거예요. 오히려 의외로 발리를 포함한 기술 전반에서 능력이 좋은 게 곤잘레스의 장점이죠. 발이 느린 것도 복식이니까 어느 정도 보완이 되겠죠."

"니콜라스는?"

"…발은 곤잘레스보다 빠르지만, 전반적인 스탯은 곤잘레스보다 낮아요. 이번 올림픽에서는 엄청 기세가 좋았지만……."

"너한테 살해당했지. 그 기세."

최영태는 만족스럽다는 듯 고개를 끄덕이며 웃음 지었다. 맞는 말이라 머쓱하게 웃은 영석이 말을 이었다.

"한번 꺾인 기세는, 살아나기 힘들어요. 이때까지 궁합이 좋았던 호흡에도 균열이 갈 거 같아요. 관건은… 그 약점을 찌를 만큼 형택이 형이랑 재림이가 잘 움직이느냐인데… 지켜봐야죠."

"원론적이구나."

"…아까 한 시간 정도 괴롭혔으니, 효과 있을 거예요."

영석이 씨익 웃자 최영태가 피식 웃었다.

부우우—

마침내 남자 복식 결승전이 시작되었다.

"이재림 파이팅!! 이형택 파이팅!!"

데이비스컵에서 선수들과 자신 사이에 있던 한 겹의 벽을 무너뜨린 영석이 쩌렁쩌렁한 목소리로 응원을 했다. 여기저기서 한국인들이 영석의 뒤를 이어 파이팅을 외쳤다. 일정이 끝난 국가 대표 선수들이 응원 차 온 것이다.

"……."

이재림과 이형택은, 무거우면서도 힘을 불어넣어 주는 응원을 등에 업고 눈을 빛냈다.

절박한 이들의 맹렬한 투기가 스멀스멀 피어오르기 시작했다.

　　　　*　　　　　*　　　　　*

　펑펑펑!!

　끽, 끼긱!

　테니스라는 종목은 직접적으로 몸의 충돌이 일어나지 않기 때문에, 전투적이거나 감각적인 장면을 포착하기 힘들다. 자연스럽게 규칙을 모르면 재미가 없고, 시합에 몰입하기 어려운 감이 있다.

　그러나 그러한 특성에서 벗어나는 것이 복식이다. 특히 남자 복식은, 전쟁과도 같았다.

　"뒤!"

　끽! 두두두!!

　펑!!

　니콜라스와 곤잘레스는 썩 괜찮아 보였다.

　특히 곤잘레스의 포핸드는 같은 프로 선수들도 감히 발리로 받아내기가 쉽지 않았다.

　전가의 보도(寶刀)는 아무리 사용해도 그 가치가 하락하지 않는다. 곤잘레스의 포핸드는 그만큼 이형택과 이재림을 위기로 몰아넣었다.

　쾅!!

　그럼에도 불구하고, 이형택과 이재림이 시종일관 현란한 페이스로 상대를 압박할 수 있는 데에는 세 가지 이유가 있었다.

　"옆으로 빠진다."

"숙여!"

첫 번째 이유는, 나이와 경력에 상관없이 코트 내에선 평등하게 이루어지는 커뮤니케이션이다. 사람이 바뀐 듯 코트에 들어선 순간, 둘은 서로에게 아무런 거리낌 없이 소리를 지르며 주의를 주고, 격려하기도 한다. 시합 내내 '단 한 순간도' 선후배의 모습을 보이지 않는다. 두 사람의 관계는 그야말로 '동료'였다.

펑!

끽, 끽!

끼긱!

두 번째 이유는, 바로 두 사람의 호흡.

곤잘레스의 공을 쫓아간 이재림이 숙이라고 소리를 지르기도 전에 이형택은 잔발로 왼쪽으로 이동하면서 고개를 숙이고 있었다. 이미 상대의 움직임을 심상에서 시뮬레이션할 수 있을 정도로 호흡이 맞는다는 방증이다.

그 정도의 호흡은 사실, 어지간한 복식조라면 모두가 갖고 있는 특성에 불과하지만 이형택과 이재림의 경우엔 호흡과 더불어 상성까지 너무 잘 맞았다. 떼어놓으면 톱 프로라 하기에 조금 미진했지만, 붙여놓으면 굉장한 시너지를 보였다.

펑! 촤르륵!

마지막 세 번째 이유는 니콜라스다.

곤잘레스의 공을 받아 친 이재림의 공은, 발리로 처리하기에 결코 어렵지 않은 공이었음에도 니콜라스는 발리 실책을 범했다.

짝—

이형택과 이재림이 서로에게 다가가 하이파이브를 하며 얘기를 나눴다.

"저 새끼 맛 갔어."

"영석이한테 털려서……."

"그렇다고 너무 몰아주진 말고, 결정적일 때 한두 개만 더 실책하게 만들자."

승리할 수 있는 요소는 세 가지.

판은 깔아져 있었고, 둘은 최선을 다해 경기에 임하면 되었다.

*　　　　*　　　　*

"감질나긴 하지만, 한 발짝 떨어져서 보자면 재밌네요."

"…그렇지."

영석과 최영태의 대화는 굉장히 덤덤했지만, 두 사람의 눈빛은 연신 초조함을 발하고 있었다.

6 : 4, 3 : 6, 7 : 5. 5 : 4라는 스코어에서 알 수 있듯, 이제 조금만 더 힘을 내면 금메달이 손아귀에 들어오기 때문이다. 남은 게임은 고작 하나. 공교롭게도 서브권도 이형택 이재림 조가 쥐고 있는 상황이다. 스코어는 서티 피프티(30 : 15). 우승까지는 단 두 포인트가 남았을 뿐이다.

'지옥이 시작되는 거지.'

결승전쯤 되면 선수들의 신체는 알게 모르게 한계점에 도달해 있게 마련이다.

그리고 시작되는 단꿈.

그게 정말 사람을 미치게 만든다.

'몸에서는 힘이 빠져나가고, 엔돌핀은 벌써부터 돌아다니기 시작하고……'

우승이라는 달콤한 과실이 실체화되며 머릿속에서 둥둥 떠다닌다. 집중력이 온건할 리 만무하다. 1회전과 결승전은 차원이 아예 다른 영역이다.

이런 온갖 방해 요소들을 물리치고, 시합의 첫 포인트 때처럼 집중할 수 있는지의 여부도 굉장히 중요하다.

'그게 되면, 그 선수는 우승을 할 수 있는 깜냥이 있다는 거지.'

반대로, 그것이 없으면 실력이 아무리 뛰어나도 우승과는 거리가 있는 삶을 살아야 한다. 테니스 선수라면 누구나 겪는 둔탁한 벽은, 별거 아닌 거 같지만 하늘과 땅을 가르는 기준이 되기도 한다.

"두 명 다 정신을 차려야 하는데… 오히려 형택이가 걱정이다."

엎친 데 덮친 격으로, 복식이기 때문에 두 명 모두가 집중력을 잃지 말아야 한다. 한 명의 핀트만 어긋나도, 돌이킬 수 없다. 이럴 땐, 큰 무대에서 우승 경험이 더 많은 이재림이 더욱 믿을 만했다.

"……."

이재림이 이형택을 툭 치며 니콜라스를 가리켰다.

1세트에서 실책 몇 번을 하며 형편없는 모습을 보여 곤잘레스의 발목을 잡아끌던 그는, 2세트부터 정상적인 모습을 보이기 시작했지만, 그땐 이미 이형택과 이재림의 기세가 너무 강했다. 결국 3세트에 접어들며 형형했던 눈의 불빛이 꺼져가는 모습을 보였다.

"저놈은 끝났어. 쟤보단 곤잘레스야. 1세트랑 지금이랑 완벽하게 모든 게 똑같아."

단식에서의 다혈질적인 모습과는 달리, 곤잘레스는 시종일관 차분했다. 무서울 정도였는데, 실제로 움직임을 비롯하여 모든 것이 일관적이었다. 2시간이 살짝 넘은 지금까지도.

"······."

이재림이 이형택의 등을 툭 치고 네트로 나갔다.

그 든든함에 잠시나마 웃음 지은 이형택이 자신의 얼굴을 한차례 두드리고 애드 코트에 섰다.

퉁, 퉁······.

휘리릭! 콰앙!

펑! 촤르르륵―

결코 빠르다고는 할 수 없지만 혼신의 일격이라는 게 여실히 느껴지는, 좋은 서브가 니콜라스의 정면으로 향했고, 강한 리턴을 시도했던 공은 네트에 막혀 땅을 굴렀다.

"포티 피프티(40 : 15). 매치 포인트."

짝―

짝―

긴장되는 이 순간, 두 페어는 결과에 상관없이 가벼운 하이 파이브를 나누었다.

이제는 애드 코트에서의 서브. 리턴은 곤잘레스의 차례다. 이재림은 네트에서 벗어나 베이스라인에 섰다. 곤잘레스의 리턴에 발리로 대응하는 것이 부담스러웠기 때문이다. 매치 포인트라는 생각은 이미 머릿속에서 사라진 상태.

퉁, 퉁……. 콰앙!!

"폴트!"

퍼스트 서브가 실패했다.

획— 펑!!

플랫 서브처럼 견고함이 느껴지는 톱스핀 서브가 크게 휘어져 들어갔다.

"……."

곤잘레스는 이미 리턴을 하기 위한 만반의 준비를 끝낸 상태다. 그것도 포핸드로.

짜악—

이재림과 이형택의 온몸에 힘이 들어갔다. 긴장감이 차오르기 시작하니, 머릿속에서 금메달이 사라진다. 몸이 단단하고 질기게 부풀어 오른다.

콰아아앙!!!!

그야말로 절륜한 포핸드가 사선을 그리며 이재림에게로 향했다.

'사기야.'

이형택의 톱스핀 서브보다 1.5배는 빨라 보였다.

펑!!

이재림이 엉거주춤 서서 간신히 받아냈다. 눈으로 잡아내기
도 힘든 공을, 감각과 경험을 활용해 받아낸 것이다.

팡!

모양새는 백핸드였지만, 맥없이 네트를 넘어간 공은 전위로
나와 있던 니콜라스의 발리에 날카롭게 베였다.

"포티 서티(40 : 30)."

듀스 코트에서 서브를 날리고 네트 앞까지 전진해 있던 이형
택이 애드 코트 베이스라인으로 돌아오고, 이재림은 전위로 나
갔다. 중간 지점에서 잠시 마주친 둘은 아무 말 않고 고개를
끄덕였다. 포인트를 뺏겼지만, 아직 매치 포인트를 남기고 있다
는 사실은 여전하다.

"푸우우우……."

이형택이 크게 숨을 내쉰다.

니콜라스의 얼굴을 한번 볼까 고민해 봤지만, 고개를 젓고는
자신의 손안에 얌전히 놓여 있는 공을 주시했다.

'이런 순간을 맞이할 줄이야……'

잘난 후배들 덕분에 아시안컵에 이어 올림픽에서도 엄청난
기회를 눈앞에 두고 있다. 도움은 못될망정, 피해는 주지 말아
야겠다는 다짐을 하자 몸이 붕— 뜬 기분이 들었다.

퉁, 퉁…….

공이 천천히 코트를 튕기는 그 모습이 생경하다. 수천, 아니,
수만 번은 봤을 그 광경이 왜인지 낯설다. 하지만 몸은 인이 박
인 것처럼 자연스럽게 공을 허공에 던진다. 몸에 힘이 쭉 빠진

것 같았지만, 부드러운 채찍처럼 제멋대로 비틀리고 풀어낸다.

훅— 콰앙!

쾅!

팡!

서브가 꽂히고, 이번에는 강한 리턴에 성공한 니콜라스가 공을 이재림의 얼굴로 보냈다. 하지만 이재림은 주저앉으며 라켓을 들어 공을 맞히고는 외쳤다.

"왼쪽!!"

끽, 끼기긱!!

네 명이 풀어내는 스텝의 소리가 시끄럽게 울린다.

이형택이 왼쪽을 향하고 이재림이 슬금슬금 오른쪽으로 조금씩 움직이며 뚫린 공간을 틀어막았다.

무엇을 생각하고 있는지 모를, 침착한 눈빛을 한 곤잘레스가 팔을 크게 휘젓자, 대포가 터진다.

콰앙!!

팡!

이번에도 목표는 전위를 뚫는 것. 이재림이 또다시 주저앉으며 라켓을 들이민다. 용케도 맞춘다 싶지만, 이재림 나름대로는 최고조로 감각을 끌어 올린 상태다. 폼은 보잘 것 없었지만, 형형하게 빛나는 이재림의 눈은 공에 명백한 의도가 담겨 있음을 시사했다.

훙—

제법 높게 뜬 공은 전위의 발리와 스매시를 허용하지 않았다.

"뒤!"

이재림이 고함을 지르며 몸을 불쑥 일으켰다. 니콜라스가 몸을 돌려 공을 급하게 쫓는다.

끼익! 펑!

니콜라스는 어려운 상황에서 완벽한 로브를 구사하여 이재림의 키를 넘겼다.

끼기기기긱!

이제는 이형택의 스매시가 펼쳐질 차례. 세 명의 선수가 시끄럽게 발을 놀린다.

콰앙!

이형택이 자신 있게 팔을 휘두르자 곤잘레스가 짐승 같은 움직임으로 공에 따라붙는다. 코트를 나눠 쓰는 복식에선, 스매시의 위력이 단식만큼 절대적이지 않았다.

펑!!

그러나 스매시는 스매시.

곤잘레스는 공을 잘 받았지만, 평소의 위력은 나오지 않았다.

팡!

이재림이 벼락같이 팔을 뻗어 공을 중간에 잘라먹었다. 완벽한 발리는 아닐지언정, 허를 찌르기엔 충분했다.

두두두두두두― 퍽!

니콜라스가 급하게 뛰어와 슬라이딩을 한다. 공이 아슬아슬하게 라켓 면에 맞는 순간, 니콜라스가 손목을 까닥였다.

퉁!

자세는 무너졌지만, 완벽한 로브가 펼쳐졌다. 지금까지의 아쉬움을 날릴 만한 파인 플레이.

"마이!"

이재림이 크게 외치고는 제자리에서 서전트 점프를 하며 스매시를 시도했다. 이를 악문 표정에서 비장함이 느껴진다.

쾅!!

날카로운 타구음이 터진다. 니콜라스가 무리하게 움직이며 생긴 빈 공간을 정확하게 찌르는 스매시!

두두두두!

하지만 곤잘레스가 급하게 공을 따라잡았다. 평소의 느린 발을 생각하면 기이할 정도로 공을 잘 따라붙는다. 통찰력이 발휘된 것이다.

스펑!

하지만 이번에는 포핸드가 아니었다. 또 하나의 약점 백핸드. 미약하기 그지없는 슬라이스 공이 천천히 네트를 넘어온다.

끽!

그리고 그 순간, 아무도 예상하지 못한 이형택의 움직임이 시작되었다.

두두두두!

엄청난 속도로 공을 향해 돌진한 이형택은, 공이 땅에 닿기 전에 라켓을 냅다 휘갈겼다.

콰앙!

환상적인 드라이브 발리.

크고 날카로운 포물선을 그린 공이 서비스라인 부근을 찍더니 순식간에 코트를 벗어난다.

─우와아아아아아아아!!

"으아아아아아!!!"

이형택은 그대로 라켓을 놓고 무너졌다.

고래고래 소리를 지르는 그에게 이재림이 달려갔다.

"게임 셋 매치 원 바이……."

달콤하게만 들리는 선언이 어렴풋이 멀리서 들려오는 것 같았다.

＊   ＊   ＊

"흠, 우승했다 이거지?"

오늘의 마지막 경기, 혼합복식 4강을 앞둔 지금, 진희는 반쯤은 눈을 감고 있었다. 피로가 덜 풀린 탓이다.

휙─ 휙─

네트 건너편에서는 고승진과 조윤정이 잔뜩 얼어붙은 표정으로 빈 스윙을 하고 있었다. 마치 10대 소년 소녀와도 같은 물색없는 긴장감이 느껴진다. 그 모습을 힐끗 바라본 영석이 다시 진희에게로 시선을 맞추고는 답했다.

"울고불고 난리도 아니었어."

"나중에 축하해 줘야지. 그나저나 역시… 4강은 좀 그래. 뭔가 찬물을 끼얹은 것 같잖아."

"찬물은 무슨."

영석이 피식 웃으며 말했지만, 진희는 네트 너머를 가만히 주시했다. 반쯤 감고 있던 눈은 어느새 또렷해져 있다. 영석도 덩달아 고승진과 조윤정을 바라보았다. 그 시선을 느낀 탓일까. 고승진과 조윤정도 가만히 후배들의 시선을 받았다. 한없이 높아가던 긴장감이 가라앉으며 코트가 적막에 휩싸였다. 그제야 몸에 맞는 옷을 입은 듯, 투지와 긴장이 적당히 섞이기 시작했다.

"……"

"……"

그렇게 한참 동안 고승진과 조윤정을 눈에 담은 진희가 하늘을 한차례 올려다보고는 숨을 내뱉었다.

"끝."

마음에서 부담감이란 것을 싸그리 비워냈다는 뜻이다.

"……"

영석은 빙긋 웃으며 진희의 머리를 쓰다듬었다. 미지근한 열기가 손바닥을 간지럽혔다.

Chapter 98

Gold Medal Match

6 : 4, 6 : 2.

스코어를 바탕으로 경기의 내용을 말하자면, 고승진과 조윤
정은 영석과 진희에게 맥을 못 쓰고 패배했다. 하지만 두 페어
의 실력을 고려하자면, 스코어와 상관없이 고승진 조윤정 페어
는 분투(奮鬪)했다. 최소한 4강전을 직접 지켜본 사람들은 모두
알 정도로 말이다.

"서브와 속도에서 많은 차이가 났어."

마사지를 받고 있는 제자들에게 최영태가 담담하게 말했다.

"호흡이 잘 맞더라고요. 듀스를 몇 번이나 갔는지……."

영석의 서브는 상대가 누구든 가볍게 압도할 수 있었고, 진
희의 서브는 최소한 조윤정에게는 잘 통용됐다. 고승진이 곧잘

진희의 서브에 리턴을 했지만, 랠리는 채 몇 번 이뤄지지 않고 전위로 나가 있는 영석에게 끊겼다.

문제는 고승진과 조윤정의 서브 게임이었다. 킵 혹은 브레이크의 처절한 싸움이 계속되며, 랠리가 꽤 길어지기 일쑤였다.

수준이 엄청난 서브는 아니었지만, 전략과 호흡이 완벽하게 맞아떨어진 고승진과 조윤정은, 최소한 자신들의 서브 게임에선 실수가 적고 구멍이 없는 움직임을 보였다.

수없이 많은 브레이크의 기회가 영석과 진희에게 주어졌지만, 절반 정도를 가져오는 데 그쳤다.

"…일단, 내일 결승이니 오늘은 몸조리 잘해라. 특히 영석이 넌 내일 두 경기니 마사지 잘 받고."

"네."

"아참, 언니랑 선배는 내일 경기 잘 준비하고 있겠죠?"

4강에서 졌다고 해서 끝이 아니다.

3, 4위전이 치러질 예정이고, 3위 또한 동메달에 해당하니 아직 고승진과 조윤정에게도 기회는 남아 있는 것이다.

"안 그래도 가서 격려해 주려고 했다."

탁—

최영태는 쓰게 웃으며 답한 뒤, 방문 밖으로 나갔다.

"스포츠는 역시 비정하네요."

조금은 어지러운 적막이 감돌자, 가만히 마사지를 하고 있던 이창진이 조심스럽게 얘기를 꺼냈다.

"……."

"어쩔 수 없는 거죠."

영석은 침묵으로 답했고, 진희는 단호한 어조로 답했다. 승패의 기로에서 승으로 나아가는 일이 익숙한 사람답게, 한 치의 망설임도 없는 답이었다.

"매일 보내는 승부가 결국 저라는 사람을 만들게 되는 거니까요."

"늘 최선을 다해야지."

영석도 첨언하며 말하자 이창진은 대견하다는 듯 둘을 바라봤다.

"여러분은… 아무래도 대단한 사람이 될 것 같네요."

"어? 아직 안 대단해요?"

진희가 장난스럽게 되물었고, 이내 분위기는 부드럽게 풀렸다.

               *   *   *

"여기선 내가 조금 느렸어. 반박자만 더 빠르게 들어갔어도 잘라먹을 수 있었는데……."

"아니, 진희한테 보내야 된다는 걸 너무 의식해서 영석이한테 읽힌 게 패착이었어."

테이블을 가운데 놓고 두 사람이 종이에 여러 선들을 복잡하게 그리고 있었다. 고승진과 조윤정이다. 진지한 얼굴에는 그늘과 열망이 적절히 섞여 있었다.

"누나! 이건 어땠을까요? 음, 이때 후위한테 보내고, 누나는 이쪽… 형은 여기로…….”

“아니야. 그건 일반론이고, 진희가 후위에 있을 때는 통하지 않았을 거 같아. 차라리…….”

그리고 이형택과 이재림도 그 두 명의 곁에서 많은 얘기를 쏟아내고 있었다.

“반성회냐?”

“아, 선배님…….”

“감독님도 다녀왔었는데… 코치님 보니까 좋네요.”

최영태가 슬쩍 다가가 말을 걸자 넷은 제각기 대답했다.

최영태의 시선은 종이에 가 있었다. 얼핏 난잡하게 낙서한 것 같은 그것들은 어떤 일정한 양식에 의해 작성되고 있었다.

“보아하니 반성회는 아닌 거 같고… 너흰 너희가 해야 할 일이 뭔지 잘 알고 있구나.”

“분하지만… 어쩔 수 없죠. 얻어갈 건 얻어가야 하니.”

조윤정이 낮은 목소리로 답했다.

이형택과 마찬가지로, 대부분의 국가 대표 선수들은 후배인 영석과 진희에게 열등감과 존경심을 동시에 품고 있었다. 이기고 싶기도 하고, 신기하기도 하고……. 그런 감정들을 품고 있는 것이다. 그건 어느 정도 훌륭한 활약을 펼치고 있는 이재림에게도 해당된다. 자신은 ‘납득이 가능한 수준’에서의 활약이었지만, 영석과 진희는 명백히 노는 물이 달랐기 때문이다.

“조금 넓게 생각해 보면 좋은 기회였죠. 의심할 수 없는 최고의 선수들에게 배운 거니까.”

고승진은 비교적 덤덤했다. 승리를 꿈꾸지 않은 것은 아니나, 패배의 충격이 그리 크지는 않은 것 같이 보일 정도다.

'그럴 리가.'

최영태는 속으로 단호하게 말했다. 패배란, 그것이 누구에게 당했든지 열받는 일이고, 비참한 일이다. 높이가 어떻든지 간에, 절벽 끝에서 떨어져 추락하는 마음이 어찌 차분할 수 있을까.

"너희가 패배에서 배울 수 있는 사람들이길 바란다. 내일… 누군가에겐 작은 성과일 수 있지만, 너희에겐 최고의 기회가 찾아올 수도 있으니, 준비 잘해라. 형택이랑 재림이도 얘기 잘 해주고."

"네."

"감사합니다."

넷은 빠르게 답하고, 다시 열띤 토론을 이어나가기 시작했다.

지금의 경험은 오늘내일이 아니더라도, 반드시 좋은 쪽으로 돌아오게 되어 있다. 아니, 그렇다고 믿어야 한다. 그게 패배를 그저 비참함의 찌꺼기로 남기지 않을 유일한 방법이다.

'힘내라.'

마음속에서 어떤 열기가 휘몰아친다. 선수 시절 때나 느꼈던 거대한 감정의 소용돌이가 최영태를 뜨겁게 만들었다.

＊　　　＊　　　＊

2004.08.23

테니스 종목의 마지막 날이 찾아왔다.

남자 단식, 여자 복식, 혼합복식의 금·은·동메달이 모두 결정되는 날이다.

"오는 데 안 힘드셨어요?"

영석의 앞에는 부모님과 최영애, 그리고 진희의 부모님까지 모두 와 있었다. 간신히 시간을 내 마지막 날만큼은 직관을 하러 온 것이다.

"힘들기는. 우리 며느리 경기를 못 봐서 아쉽다아."

한민지가 진희의 품에 매달려 부비적거렸다. 진희는 '며느리'라는 단어가 멋쩍었는지 실없는 웃음을 달고 있었다.

"으히히, 간지러워요 어머님."

둘이 그렇게 고부 간의 애정을 나누고 있을 때, 이현우는 아들에게 무슨 말을 해야 할지 고민하는 기색이 역력했다.

"걱정하지 마세요."

영석은 그런 이현우에게 다가가 가볍게 포옹하며 말했다.

"…그래. 이제는 걱정보다 믿음이 크다. 다치지만 말아라."

피식 웃으며 답한 이현우의 뒤로 최영애가 보였다.

"이모, 컵이 아니라 메달인데… 메달도 괜찮아요?"

최영애의 집무실에 이미 영석과 진희의 우승컵을 카피한 것들이 선반 하나에 그득하게 자리 잡고 있었다. 그것도 메이저 대회 컵만 말이다.

"물론이지! 금메달도 제법 괜찮을 거 같아."

호탕하게 웃은 최영애가 영석의 어깨를 두드렸다. 이현우는 어느새 밀려나 있었다.

"아들! 난 진희랑 경기 잘 보고 있을게! 잘해라."

한민지가 진희의 팔짱을 낀 상태로 영석에게 손을 흔들었다. 얼굴에는 한 점의 그늘조차 존재하지 않았다. 영석의 승리를 의심하지 않는 것이다.

"배웅받으니까 좋네요. 왜 이건 늘 기분이 좋은지……."

영석이 피식 웃으며 가방을 들었다. 강춘수가 영석의 뒤를 따랐다.

"다녀올게요."

영석이 손을 흔들며 등을 돌리고 걸어갔다. 그 뒷모습을 웃음으로 배웅하던 일행은, 영석이 저 멀리로 가자 참았던 숨을 크게 내쉬었다.

"예전보다 어째 더 힘들다."

"그러게……."

긴장이 되지 않을 리 없다. 다만 경기를 앞둔 선수 앞에서 표를 낼 수 없을 뿐이다. 멀쩡한 척, 완벽하게 믿는다는 모습을 보여주며 긴장감을 덜어주기 위해 필사적으로 행동한다. 지난 몇 년 동안 일행은 그렇게 지내왔다.

그 자리에 있는 모두가 약간은 지친 표정이었다. 진희만 빼고는.

"원래 결승이 그런 거죠. 우리도 얼른 가요."

"반하겠어, 우리 진희."

"사돈, 피곤하실 텐데 얼른 가서 앉아 있죠."

일행들은 다시 활기를 띠고 움직이기 시작했다.

*　　　　*　　　　*

도대체 우승을 한 경험이 몇 번이나 될까.

정확하게 세어본 적은 없지만, 100번은 넘을 것이다. 무수히 많은 상대를 이겨왔고, 지금도 이기고 있고, 앞으로도 이길 것이다. 진저리가 날 정도로 코트를 누비기도 할 것이다.

그럼에도 생경하다.

'올림픽은 처음이지.'

전생을 포함해 약 20여 년 정도의 경력이 있지만, 올림픽 결승은 처음이다. 미증유의 것이 조금이라도 남아 있다면, 영석은 충분히 만족할 수 있었다.

하지만… 그러한 것들이 남아 있지 않다면?

'만들어야 하고.'

스스로에게 동기를 부여할 수 있는 것도, 선수로서 굉장한 소양 중 하나로 손꼽힌다. 영석은 그것에는 전혀 걱정이 없었다.

휙— 휙!

곤잘레스가 몸을 풀더니 허공에 라켓을 몇 번 휘두른다. 어찌나 강력하고 빠른지, 파공음이 얇게 갈라진다.

'침착하군.'

복식 결승에서 본 그 모습 그대로 곤잘레스는 지금 이 코트에 자리하고 있었다.

승부의 무게 추가 확실하게 이형택과 이재림에게로 쏠렸을 때도, 곤잘레스는 시종일관 침착했었다. 관록일까, 여유일까. 그도 아니면 멘탈이 훌륭한 것일까. 무엇이 되었든, 영석에겐 낯선 모습이었다.

'곤잘레스라…….'

너무나 옛날 같지만, 영석이 곤잘레스를 처음 만난 것은 작년이었다. 고작 1년… 그 기간 동안 영석은 만인을 발아래 두고 있는 선수가 되었고, 곤잘레스는 랭킹 10위권에 머물고 있었다. 그 차이는 크기도 하고, 작기도 하다.

'두근거렸었지.'

곤잘레스는 영석이 처음 만난 '세계적인 선수'이기도 하다.

그때의 긴장감을 그대로 지금 실현하는 것은 불가능하지만, 그때의 그 기분을 느끼기엔 충분했다.

5세트 경기.

때에 따라선 마라톤보다도 오래 걸리기도 하는 5세트 경기에서의 관건은, 최대한 승부의 추를 자신의 쪽으로 기울게 하는 것이다.

콰앙!!

곤잘레스의 서브가 터진다.

정교하고 아름다운 메커니즘은 아니었지만, 손목과 팔, 그리고 어깨에 품고 있는 거력은 모든 것을 압도한다. 첫 서브와 마지막 서브의 품질은, 때론 그 선수를 판단하는 엄격한 잣대가 되기도 한다. 그런 면에서 보자면, 곤잘레스의 첫 서브는 굉장히 훌륭했다.

끽, 끽!

와이드로 맹렬하게 꽂히는 공은 둔탁하면서도 빨랐다.

영석의 뇌에서 즉각적인 신호가 사지로 뻗어가며 벼락같은 움직임을 요구했다.

펑!

영석은 빠르게 팔을 뻗어 공에 손을 댔다. 썩 괜찮은 서브였기 때문에, 양손으로 완벽하게 백핸드 리턴을 보일 수 없었다. 할 수 있는 것은, 스트레이트로 가게끔 해서 곤잘레스가 포핸드를 칠 수 없게 만드는 것뿐이었다.

끼긱!

영석이 받은 공이 도착할 지점으로 이동하는 곤잘레스의 몸놀림은 가볍고 민첩했다.

끽, 끼기긱!

백핸드로 쳐야 할 공을 굳이 돌아 들어가 포핸드로 마무리 지으려는 여유까지 갖고 있었다.

'먹혔군.'

노리는 것은 아마도 인사이드—아웃.

저 강력한 포핸드로 꽂아 넣는 인사이드—아웃은 페더러의 그것처럼, 굉장한 수준을 보일 것이다.

'그래도 그냥 보내줄 순 없지.'

두두두두두두!!

영석은 이를 악물고 애드 코트로 달리기 시작했다.

콰앙!!

곤잘레스는 심유한 눈을 하고는, 팔을 휘둘렀다. 영석의 기이할 정도로 빠른 발도 그의 평정심을 흔들진 못했다.

쉬익—

크로스가 보이는 대각선과, 인사이드—아웃이 보이는 대각선은 같은 듯하면서도 전혀 다른 성질을 갖고 있었다. 더 빠르고, 더 날카롭다.

퉁!

완전히 예상한 덕분일까. 영석의 라켓이 기적적으로 공에 닿았다.

팡!

그러나 그 공은 어느새 네트 앞으로 나와 있는 곤잘레스의 발리에 속절없이 강타당하고 말았다.

"후우……."

애초에 이 포인트는 빼앗지 못할 것임을 잘 알고 있던 영석은 숨을 길게 뱉어내며 몸을 체크했다.

찌릿—

급격한 움직임의 여파가 짜릿짜릿하게 온몸을 누빈다. 둔탁한 피로가 날카로운 칼날에 조금씩 깎이는 듯한 기분이 들었다.

툭, 툭.

'가볍군.'

영석이 완벽한 컨디션을 정비하는 데 소요된 것은 단 하나의 포인트.

제자리에서 몇 번 뛴 영석은 허리를 굽히고 라켓을 손안에서 뱅글뱅글 돌렸다.

'와라.'

*   *   *

콰앙!!

얼마나 땀을 흘렸는지, 입고 있는 옷이 아예 몸에 철썩 달라붙어 도무지 나풀거릴 생각을 않을 정도로 곤잘레스는 엄청난 활동량을 선보였다. 몸에서 땀이 수증기로 변하며 은은하게 일렁였다. 대낮이라 마치 신기루 같기도 하다.

6 : 4.

딱 한 번의 기회에 브레이크를 성공한 영석은, 자신의 서브 게임을 모조리 킵하면서 1세트를 무난하게 가져온 상태다. 그리고 이어지는 2세트에서도 승부는 박빙으로 흘렀다.

'단순한 인간.'

곤잘레스라는 선수는, 정말이지 너무 명쾌하게 장단점이 나뉘는 선수다. 이렇게 파악하기 쉬운 선수가 톱 10안에 들며 세계적인 명성을 떨치고 있는 것 자체가 신기할 정도.

작년 오클랜드 오픈에서 만났을 때의 전략과, 지금의 경기 흐름은 똑같다.

'알면서도 못 막는… 루틴도 없어.'

페더러나 나달처럼 '상대가 누구든 통용될 만한 황금 레퍼토리'가 있는 것도 아니다. 그의 장점은 딱 하나. '포핸드'다. 그리고 범용성이 높은 그 장점은, 정말이지 성가셨다.

펑!!

영석이 포핸드로 크로스를 보냈다. 여유가 그리 많지 않았기 때문에, 공은 그저 평범하게 넘어갔다. 왼손잡이인 영석이 크로스로 보낸 공은, 오른손잡이인 선수들이 백핸드로 대응해야 한다.

촤촤차악!

'오늘따라 아주 펄펄 나는군……'

전략은 같았지만, 그걸 시행하는 곤잘레스의 몸은 명백히 오클랜드 때와는 달랐다.

빠르지도 않은 발을 열심히 놀려 공의 뒤를 돌아 기어코 포핸드를 칠 자세를 만든다. 미끈거리듯 공의 뒤를 천연덕스럽게 파고들어 인사이드―아웃을 갈겨대는 페더러와 비교하자면, 참으로 투박했다. 하지만 그 결과물은, 결코 페더러에 못 미치지 않았다.

콰아앙!!

인사이드―아웃이냐, 스트레이트냐의 고민이 잠깐 이어질 틈도 없이 엄청난 속도의 공이 뻗어갔다. 코스는 스트레이트다.

'훗.'

영석의 머릿속에서 창졸지간(倉卒之間)에 벼락이 쳤다. 몸이 반사적으로 번뜩이며 달려 나갔고, 시뮬레이션이 뇌리에서 몇 번이고 반복된다.

'아슬아슬하겠네. 어지간한 크로스로 보내면 발리에 먹히고, 로브는 스매시에 먹힐 거고……'

마치 두 개의 정신을 한 몸에 지닌 것처럼, 급박하다 못해 숨 막히는 속도로 움직이는 신체와 상관없이, 영석의 정신은 평온했다. 이상할 정도의 부조화를 영석은 인지하지 못하고 계속해서 궁리했다.

'몸을 멈추지 말고 스트레이트……! 그것밖에 없군. 넘어져도 안 다쳤으면 좋겠는데……'

끽, 끼긱!

곤잘레스의 스텝을 밟는 소리가 선명하게 들린다.

상대가 네트로 다가오고 있다는 것을 명확하게 인지한 영석은 이를 악물고 집중하기 시작했다.

두두두두두ー

그제야 살벌할 정도로 빠르게 뛰고 있는 자신의 몸이 명확히 인식되었다.

끼기기기기기긱ー!

결정했으면, 실행한다. 구상한 것을 그대로 몸으로 펼친다.

1초 정도의 시간이 무한하게 길어지는 것 같은 느낌이 오랜만에 찾아왔다.

영석은 달리는 기세 그대로를 살려 양팔을 벼락처럼 뻗었다. 시선은 공에 머물러 있었다.

쾅!!

휙—

치는 순간 머릿속으로 그렸던 코스로 공이 나아갔음을 직감할 수 있었다. 남은 건 세상이 느려진 것을 이용해 넘어지지 않는 것뿐.

끼이익— 턱.

오른발의 모든 발가락을 안으로 굽혀 땅을 꼬집듯 관성의 법칙을 이겨내고는 왼손으로 땅을 짚었다.

'휴······.'

절로 안도의 한숨이 나온다.

—와아아아아아!!

그리고 귀를 찢어버릴 것 같은 환호성이 영석의 온몸을 강타했다.

"······."

보고도 믿기지 않을 정도의 속도와 민첩함이 일궈낸 그림 같은 패싱샷.

짜증이나 감탄을 보일 법도 하건만, 곤잘레스는 무덤덤했다. 평소에 그리 표정 관리를 잘하는 편이 아니었으니, 아마도 마음도 고요할 것이다.

'이쯤 되면 한번 무너뜨리고 싶군.'

입 꼬리를 삐죽 위로 들어 올리며 사이하게 웃은 영석이 장난감을 앞에 둔 소년처럼 눈을 빛냈다.

* * *

'세계 최강의 포핸드'라는 칭호는, 곤잘레스에게 요령을 익히게끔 만들었다.

무슨 요령인가 하면, 바로 백핸드의 대처인데, 경우에 따라 구사하는 백핸드가 거의 정해져 있다고 생각하면 되었다.

—높게 바운드되거나 깊게 들어간 공엔 슬라이스.

—슬라이스가 아닌, 드라이브를 걸어 때릴 때엔 높은 확률로 스트레이트.

첫 번째 특징은 원 핸드 백핸드를 구사하는 선수라면 어느 정도는 당연히 보일 반응이다. 하지만 곤잘레스는 백핸드에선 도무지 섬세한 감각을 기대할 수 없는 선수였다. 톱스핀을 많이 걸어 보낸 공은 거의 슬라이스로 대응했다.

'그 슬라이스도 오늘은 무시할 수 없지만.'

슬라이스가 결코 나쁜 선택은 아니다. 오히려 갈고닦으면 톱스핀 못지않다.

오죽했으면, 페더러가 나달과 붙을 때 슬라이스를 많이 섞어서 대응했으면 승률이 50%는 넘겼을 것이라는 우스갯소리도 있을 정도.

심지어 곤잘레스의 슬라이스는 정말이지 탁월하다.

강인한 손목 힘 덕분인지, 역스핀을 먹은 공은 좀처럼 튀어 오르지 않고, 미끄덩거리며 옆으로 도망가기 일쑤였다. 그것도 발목 높이에서.

키가 큰 영석에게는 여간 짜증 나는 일이 아니었다.

2세트를 5 : 7로 아깝게 내주고 3 : 3으로 진행되고 있는 3세트의 양상은, 순전하게 '미쳐 날뛰는' 슬라이스 때문이었다.

취리릿—

날카롭게 공기를 찢으며 넘어온 공이 왼쪽으로 휘며 도망가려 한다.

쿵! 쉬이— 펑!

크게 왼발을 디딘 영석이 공을 긁어 올렸다. 코스는 다시 크로스.

'해법을 보여줘야지.'

펑!

곤잘레스는 침착하게 오른손을 위에서 아래로 긁어 내렸다.

쉬익—

슬라이스 주제에 어지간한 톱스핀 공처럼 빠르다.

펑!!

영석이 다시 크로스로 보냈다.

펑!!

다시금 슬라이스.

하지만 이전에 보인 두 번의 슬라이스와는 코스가 달랐다.

짧게 떨어져 예리하게 벌어지는 각도의 슬라이스.

'승부처라는 거지.'

낮게 깔리게 마련인 슬라이스를 긁어 올리면, 필연적으로 공이 빠르기 힘들다.

여기서 영석이 스트레이트로 보내면 발이 그리 빠르지 않은 곤잘레스라 하더라도 러닝 포핸드 정도는 때릴 수 있다. 크로스로 보내면?

'돌아서서 포핸드.'

둘 다 곤잘레스에겐 환영할 만한 일이다.

포핸드가 워낙 좋으니 택할 수 있는, 정말 단순하면서도 매력적인 전략이다. 백핸드가 좋다고 이와 똑같은 전략을 구사할 수 없으니 불공평하기도 하고 말이다.

'그럼 이런 손장난은 어때?'

영석은 결코 아쉬운 입장을 택할 사람이 아니다. 오히려 선택지를 늘어놓고 상대가 고민하는 것을 즐겨 하는 타입이다. 늘어놓는 선택지가 다소 도박성이 짙더라도 영석은 배짱을 부릴 수 있는 사람기도 하다.

퉁—

영석의 라켓이 순간적으로 아주 강한 힘으로 떨리다가 금세 낭창거렸다. 그 찰나에 집중된 힘은 오롯이 공에 전달되었다.

베이스라인에 서서 포핸드로 선보인 드롭.

막대한 역회전을 품고 있는 공에 또다시 역회전을 걸어 드롭을 구사하는 진기명기가 펼쳐졌다.

두두두두!

자신의 장기인 포핸드를 머릿속으로 떠올리다가 일격을 당한 곤잘레스가 인상을 찌푸리며 달려왔다. 불의의 일격이었음에도 아주 잠시의 지체도 없이 뛰쳐나오는 폼이, 오늘의 컨디션을 짐작케 했다.

툭, 툭—

반면, 영석은 거구를 깃털처럼 놀리며 사뿐사뿐 네트로 마주 달려갔다.

퉁! 펑!

그러고는, 곤잘레스가 간신히 받아낸 공을 너무나도 여유롭게 발리로 끊어 먹었다.

'이렇게 하나하나 준비된 것들을 다 부숴주마.'

뒤돌아 선 영석의 몸짓이 가벼워 보였다.

곤잘레스의 두 번째 유형.

백핸드는 잘 못 치지만 이상하게 스트레이트로 보내는 강한 플랫성 백핸드는 절묘할 정도로 잘했다. 오클랜드 때도 이런 모습을 유감없이 보였었다.

콰앙!

영석이 주특기로 삼는 공은 위에서 깎으며 내리 찍는 플랫성 공. 그 공이 곤잘레스를 만나면 높은 확률로 더욱 강해져서 돌아온다.

"쳇……."

어쩌면 170㎞/h 가까이 됐을지도 모를 곤잘레스의 백핸드 카운터에 한 방 맞은 영석이 낮게 혀를 찼다. 이 공만큼은 아무리 발이 빨라도 못 받는다. 특히 곤잘레스가 스트레이트로 공을 처리하면, 영석에게는 백핸드가 되기 때문에, 더더욱 시간과 공간에서 부족함을 느끼게 된다.

'아주 확고부동하군.'

곤잘레스는 결코 약점을 숨기지 않았다. 집요하게 백핸드를 공략하는 것만으로는 이 선수를 물리칠 수 없었다.

오늘의 무대가 올림픽 결승인 것도 한몫했다. 높은 텐션으로 자신의 잠재력을 유감없이 펼칠 수 있는 기회가 주어진 이 무대에서, 곤잘레스는 압박감을 느끼기보다 자신의 가능성을 넓게 펼쳐보일 수 있는 담대함을 보였다. 이런 와중에 '세련되게 상대를 공략하는 것'을 고집하는 것은 어쩐지 내키지 않았다. 다른 접근이 필요했다.

'그렇다면… 미친 척 좀 해야겠군.'

까드득―

이를 악물고, 손아귀에 있는 힘껏 힘을 불어넣어 본 영석은, 등허리에서 피어나는 소름에 움찔 몸을 떨었다.

*　　　*　　　*

쾅!! 쾅!!

코트를 가로지르는 형광 빛의 자그마한 공이 포물선도 없이 깨끗한 직선을 그리며 끊임없이 왕복한다.

'더!!'

쾅!!

무아(無我)의 상태. 더 빠르게 뛰어 강한 공을 친다.

단순한 것만을 머리에 때려 박은 영석은 그야말로 귀신이었다.

끽, 끽! 펑!!!

곤잘레스가 순간적으로 구질을 바꾼다. 마치 160㎞/h짜리 직구만 서너 개 던진 후에 갑작스럽게 던지는 체인지업과도 같았다. 포핸드의 장인이라는 명성답게, 완전하게 같은 폼으로 최소 두세 가지의 구질을 높은 수준으로 구사한다. 아랑곳하지 않고 곤잘레스가 마음껏 포핸드를 치게끔 만든 영석의 의도대로, 곤잘레스는 펄펄 날았다.

'소용없어.'

끼익— 다다다다닷!

순간적으로 잔발을 두 배로 밟아 공간을 잘게 쪼개며 시간을 번 영석이 너무나 안정적으로 팔을 휘두른다.

콰앙!!

무턱대로 큰 칼을 일격필살의 의지로 휘둘러 대는 애송이는 이 자리에 없었다. 큰 휘두름이 계속되었지만, 결코 상대의 칼날이 자신의 몸통에 쉬이 닿을 수 없도록 만드는 휘두름이었다.

끽! 콰!

곤잘레스가 호흡을 입안에 머금은 상태에서 온몸의 힘을 끌어 올려 온전히 오른팔에 전달했다. 거짓말 안 보태고 왼팔의 두 배 정도 두꺼워진 오른팔은 마치 청동으로 만든 조형물 같았다.

쎄에엑—

이제는 슛제 공이 찌그러져 있는 상태로 날아왔다.

"흡!"

마찬가지로 호흡을 머금은 영석이 양팔을 위맹하게 휘둘렀다.

지익—

허공이 찢어지는 것 같은 소리와 함께 공은 일(一) 자로 찌부러지며 곤잘레스에게로 되돌아갔다.

쾅! 쾅!

"······."

'누가누가 더 세게 치나'에 불과했지만, 수준이 높아서일까. 관중들은 휘둥그런 눈으로 두 선수를 바라봤다.

"큡!"

쾅!!

곤잘레스가 백핸드로 강하게 휘둘렀다. 코스는 크로스. 어쩐 일로 톱스핀이 잔뜩 먹은 훌륭한 공이었다.

촤르륵—

하지만 그 공은 네트를 넘지 못하고 말았다.

"푸우우우······."

영석은 그제야 숨을 크게 내쉬고는 조심스럽게 산소를 흡입했다. 그제야 하얗게 질려 있던 몸에 붉은 기가 돌기 시작했다.

"훅, 훅······."

사정은 곤잘레스도 마찬가지였다.

볼 키즈에게 수건을 받아서는 아예 얼굴을 파묻고 만 것이다.

'이제 슬슬… 깨지고 있으려나?'

상대의 강점을 두려워하지 않고 끊임없이 불씨를 키워 몸을 혹사하는 전략. 단 하나의 부분에서도 누락됨 없이 최고의 수준을 보유한 영석만이 가능한 전략이었다.

"⋯⋯."

수건에서 얼굴을 뗀 곤잘레스의 얼굴이 새카맣다.

초반에 영석이 선보인 다채로운 전략에 대응하느라 사방팔방을 뛰어다니며 체력을 소진했었고, 지금은 숨도 제대로 못쉴 만큼 빠르게 움직여 강한 공을 치는 것에만 몰두하다 보니 체력적인 한계가 빠르게 다가오는 것이다.

'드디어⋯⋯.'

자연스럽게 혼탁해지는 눈동자. 온갖 감정이 휘몰아치고 있는 곤잘레스의 눈동자가 영석의 시야에 잡혔다. 잠시 스코어를 잊을 정도로 짧은 희열을 느낀 영석은, 돌연 무섭게 중얼거렸다.

"틈을 보였으면, 쐐기를 박아야지."

*   *   *

6 : 4, 5 : 7, 6 : 3, 5 : 4.

"피프티 포티(15 : 40), 매치 포인트."

서브를 준비하는 곤잘레스의 얼굴이 새파라면서도 거무죽죽하다. 아니, 얼굴이 그런 것이 아니라 '표정'이 그러했다. 피멍이 든 것처럼 표정이 형편없이 울적하다.

'⋯깨졌군.'

허리를 굽히고 라켓을 손안에서 뱅글 돌리고 있는 영석의 안색도 그리 좋지만은 않았다.

엄청난 변수가 있지 않다면, 곤잘레스와는 100번을 붙으면 99번은 이길 자신이 있다. 하지만 이번엔 조금 무리를 했다. 단 1회의 패배가 이번이 될 수도 있는 노릇이었고, 실제로도 곤잘레스는 이번 경기에서 평소보다 나은 모습을 보였다.

이런 요소들로 인해, 영석도 곤잘레스만큼 뛰어다닌 것은 사실이다. 안색이 좋을 리 없는 것이다.

조금 피곤해져서일까. 머릿속으로 퍼뜩 하나의 생각이 스쳐 간다.

'조금이라도 자야겠어. 이거… 피곤하겠는데?'

오늘은 진희와의 혼합복식 결승도 예정되어 있다. 둘 다 결승이니 피곤하지 않을 리 없다. 진희가 에냉과의 결승을 끝냈을 때도 이렇게 피곤했을 거라 생각하니 마음이 조금 저릿했다.

'일단, 끝내자.'

어떻게 보면 딴생각이라 치부할 수 있는 진희와의 경기를 떠올린 영석의 머릿속은, 오히려 단식 금메달에 대한 기대가 수그러들어 있었다. '달성해야 할 일'에서 '털어내야 할 일'로 전락(?)하고 만 것이다.

퉁, 퉁…….

곤잘레스가 몇 번 공을 튕기더니 평소와 같아 보이는 스윙을 펼쳤다. 하지만 영석의 눈에는 차이가 보였다.

'힘이 없구나.'

꼬여 있던 힘을 풀어냄과 동시에 살짝 몸을 띄운다는 생각만 해도, 테니스 선수는 서브를 구사할 때 꽤 높은 점프를 하게 되어 있다. 하지만 곤잘레스는 지금까지의 2/3수준에 머무는 점프를 보였다.

콰아아앙— 촤륵!

역시나 공은 맹렬하게 네트에 처박혀 무의미한 회전을 보이고 있었다.

'아니, 의지가 바닥난 거지.'

짜릿했다.

여러 가지 유형의 승리를 거두어 봤지만, 역시 상대의 장점을 정면으로 충돌해서 압도할 때의 쾌감이 제일이었다.

펑!

그새 곤잘레스는 세컨 서브를 날렸다. 그냥저냥 평범한 수준의 톱스핀 서브.

영석의 눈빛이 번뜩인다.

콰앙!!

양팔에 그득한 핏줄들이 아우성치는 느낌을 즐기며 라켓으로 허공을 가른 영석은 이번만큼은 공이 나아가고 있는 방향에 시선을 두었다.

쿵!

빛살처럼 곧게 날아간 공이 데구르르 땅을 구르고 있었다. 곤잘레스는 허망함이 깃든 눈빛으로 허공을 더듬었다.

영석은 한차례 하늘을 바라보다가 고개를 내렸다. 약간 어지러운 느낌이 들었다.

'금메달이군.'

덤덤했다.

아직 여정인 것 같았다. 실제로 아직 안심하기에 이르고 말이다.

—우와아아아아아아!!

—삐이이익!

환호성과 함께 아주 약간의 해방감이 영석의 몸을 툭— 치고 지나갔다.

       *   *   *

"금메달이 세 개째라……. 허 참."

영석을 닦달하여 얼른 재운 최영태가 피식 웃으며 방문을 나섰다.

낭보(朗報) 중의 낭보(朗報).

지금까지 올림픽 테니스에서 메달을 구경도 못 해본 대한민국에게 이번 2004년 아테네 올림픽은 엄청난 날로 기록될 것이다.

테니스 중의 테니스로 꼽히는 단식에서는, 남녀 모두 금메달을 획득했다. 믿기지 않지만, 남자 복식도 금메달을 획득했다. 여자 복식은 출전하지 않았으니 논외로 치고, 이제 남녀 혼합 복식 결승전이 남아 있는 상태. 금메달 네 개까지도 노려볼 수 있게 되었다. 다섯 개의 종목에서 네 개의 금메달이라니! 최영태가 정신을 못 차리는 것도 당연했다.

"아, 춘수 씨."

"네."

근처를 서성이고 있던 강춘수를 부른 최영태가 영석의 기상을 체크해 주라는 말을 전하고 밖을 나섰다.

아직 챙겨야 할 이들이 남았다.

"우선 너희가 잘하는 것부터 생각하자."

같은 날, 영석과 진희의 결승전에 앞서 고승진 조윤정 조의 3, 4위전이 펼쳐진다. 이 또한 메달이 걸려 있는 귀중한 시합. 메달의 색이 다르다고 해서 그 가치가 심하게 훼손되지는 않는다.

'사실 3, 4위전만 해도 축배인데……'

최영태는 내심 쓰게 웃었다.

자신이 국가 대표였던 시절에는 감히 꿈도 못 꿔볼 일이 실현되고 있었다. 영석과 진희라는 괴물은 한국 테니스의 멱살을 잡아끌어 올렸다. 고승진과 조윤정의 담담하면서도 투지가 내제된 눈을 바라보니 더더욱 영석과 진희에게 감사하는 마음이 든다.

"너희도 알다시피 상대는 그리 만만하지 않아. 일단……"

선수들도 알고, 코치진도 알고 있는 사실에 불과했지만, 최영태의 충고는 고승진과 조윤정에게 크게 다가갔다.

"…해서, 저번에 너희가 체크했던 것 중 절반만 의식하고 있어도 이 경기는 해볼 만해."

"영석이랑 진희랑 붙어봤더니, 상대가 누구더라도 그냥 마음이 편해요."

조윤정이 평소엔 잘 하지도 않는 농을 건넸다. 최영태가 가볍게 웃으며 답했다.

"부럽다, 난."

전력을 다해 부딪쳐서 대차게 깨진다. 그것만으로 뭔가가 변화한다.

영석, 진희와 같은 시대에 사는 것은, 그만큼 선수에겐 축복일 수 있다.

"그렇다고 우리가 대단해진 건 아니죠. 어쨌든, 전 무슨 일이 있어도 딸 겁니다. 메달."

헐거운 분위기를 적당히 만끽했다고 느꼈을까.

고승진이 맥을 짚으며 다시 긴장감을 적당하게 조였다. 조윤정이 고개를 끄덕이며 의지를 불태웠다.

"나도요."

"…그래. 힘내라."

*   *   *

"…잘하고 있네."

방에서 나와 강춘수를 대동하고 로비에 도착한 영석은, 멍하니 티비를 보고 있는 진희의 옆에 앉으며 말을 붙였다.

화면에서는 고승진과 조윤정이 폭포수 같은 땀을 흘리며 짧게 얘기를 나누고 있었다. 아직 시합 초반. 그럼에도 엄청난 집중력을 유지하고 있다는 것이 화면으로도 여실히 느껴졌다.

"잘해. 지금 붙으면 그래도 꽤 위험할걸?"

진희는 놀랍다는 눈빛으로 고승진과 조윤정을 바라봤다. 의식이 바뀐 것일까, 전략이 바뀐 것일까, 실력이 바뀐 것일까, 호흡이 바뀐 것일까. 아니면 그 모두가 바뀐 것일까.

짧은 시간이지만, 고승진과 조윤정은 한층 진일보한 모습을 보였다.

"…흠. 근데 직접 가서 안 보고 왜……?"

"그걸 몰라서 물어?"

진희가 화면에서 눈을 떼고 영석을 바라봤다.

살짝 거뭇해진 눈 밑, 누렇게 떠 푸석해진 피부의 청년이 그녀의 눈에 아주 잘 보였다.

"이 선생님 불렀으니까 곧 오실 거야. 자기 전에도 물리치료 받았겠지만, 지금도 받아야지."

걱정이 숨어 있긴 했지만, 진희의 어조가 조금 딱딱했다.

툭—

영석이 팔을 들어 진희를 감싸 안았다. 피부가 조금은 차다.

"우리 진희, 긴장했구나."

너무나 부드러운 어조에, 나직한 목소리다.

자고 일어난 터라 꺼끌한 그 톤이 진희에겐 꿈결처럼 살며시 다가왔다.

"개인적인 목표 달성에 거의 근접했으니까. 아무래도 조금은……."

"……."

진희에게 혼합복식은 남다른 의미를 갖고 있다.

열등감에 지쳐 나가떨어지기 일보 직전까지 몰렸던 어린 시절.

영석이 어떻게든 진희의 동기를 자극하기 위해 꺼내 들었던 혼합복식이라는 카드는, 알게 모르게 진희의 목표가 되었었다. 하지만 혼합복식은 사실, 별 의미가 없는 세부 종목이다. 심지어 메이저 대회급에서도 말이다.

"올림픽이니까. 이 기회는 4년에 한 번 오는 거야."

올림픽은 다르다.

혼합복식만큼은 올림픽이 더 의미가 있다. 최소한 진희는 그렇게 느끼고 있었다.

―4년에 딱 한 번 주어지는 기회.

다른 종목의 선수들이 할 법한 생각을, 진희는 내내 품고 있었던 것이다.

슥―

"……."

영석은 그 모습이 너무나 애틋하고 사랑스러워서 진희의 어깨에 코를 묻고 한참을 있었다.

"…나만 믿어."

잘 내뱉지 않는 영석의 호언장담에 진희가 살포시 웃으며 답한다.

"그래."

"고생하셨어요."

"축하해요."

영석과 진희는 몸을 다 풀고는 고승진과 조윤정을 찾아갔다. 둘은 땀과 눈물로 범벅이 된 얼굴로 영석과 진희를 반겼다. 함께 있던 몇 명의 기자들이 빙그레 웃으며 영석과 진희에게 외쳤다.

"마지막 경기 힘내세요!"

"준비한 만큼 다 풀어놓으시길!"

모두가 직접적으로 '메달'을 언급하지 않는다. 무례하게 카메라를 들이미는 사람 또한 없었다.

혹여나 부담을 가지게 될까 조심하는 그 모습에서 따뜻한 배려심이 느껴졌다.

"…진희야……."

조윤정이 눈물을 흘리며 진희에게 다가와 와락 안겼다.

"아이고. 언니……. 축하해요."

처음에는 당황했던 진희였지만, 이내 푸근한 미소와 함께 조윤정의 등을 토닥여 줬다.

"시상식에서 보자."

고승진은 눈물 자국이 난 것도 모른 채, 허리를 똑바로 세우고 어깨를 활짝 폈다. 끓어오르는 자부심을 영석에게 보여주고 싶었나 보다.

"당연하죠. 금방 끝내고 올게요."

고승진의 호기(浩氣)에 기분이 좋아진 영석이 가볍게 고승진을 안고는 진희에게 말했다.

"가자."

"…응."

*   *   *

드디어 올림픽 테니스 종목의 마지막 경기, 남녀 혼합복식 결승전이 시작되었다. 총 네 명의 선수가 코트로 나와 많은 관중들의 관심을 한 몸에 받고 있었다.

"드디어 복식조다운 복식조를 만나게 되네."

진희가 사뭇 긴장된 얼굴로 영석에게 말을 건넸다. 그래도 몸이 굳은 건 아니었는지, 가볍게 몸을 놀리는 모습에서 절호조의 컨디션이 엿보였다.

"음. 그러고 보니, 나랑 재림이가 저놈한테 한 번 졌잖아. 복수에 성공할 수 있겠어."

영석의 눈에 흥미가 감돈다.

〈Mike Bryan〉

〈Lisa Raymond〉

결승전 상대는 미국이었다.

테니스로 한정 짓지 않더라도, 올림픽에서 늘 가장 많은 메달을 가져간 나라답게, 성조기가 띄워져 있는 전광판이 제법 잘 어울렸다. 오늘만큼은 미국이라는 국기가 왜인지 '강적' 같았다.

마이크 브라이언은, 그 '브라이언 형제'의 오른손잡이 선수다. 명실공히 남자 복식에서 역사를 통틀어 가장 훌륭한 복식 선수로 꼽히는 사람 중 하나이다.

리사 레이몬드 또한 복식의 귀재였다. 단식에선 그리 탁월하지 못한 선수로 취급되지만, 복식에서는 프랑스 오픈을 제외하고 나머지 세 개의 메이저 대회에서 모두 우승컵을 들어 올린 경험이 있는 선수다.

"오늘은 헷갈릴 일이 없겠네?"

"질 수가 없겠는데?"

진희가 가볍게 농을 건네자, 영석이 가볍게 웃으며 농을 받아줬다.

거리낄 게 없다는 듯 가벼워 보이는 둘이었지만, 내심은 조금 긴장하고 있었다. 아무리 우승 경험이 많아도 이렇게 큰 무대에서의 혼합복식은 이 둘에게도 미지의 영역이기 때문이다.

"오늘 경기로 인해 오래된 궁금증이 하나 풀리겠네요."

한편, 관중석에 자리 잡은 일행들은 두런두런 얘기를 나누었다. 영석과 진희가 같은 코트 안에 있는 게 조금은 신기하게 보였는지, 끊임없이 이와 관련한 얘기가 나오고 있었다.

이재림이 옆에 앉은 이형택에게 말을 건네자, 이형택이 물었다.

"뭔데."

"단식 최강자들끼리 복식조를 짜면 얼마나 강할까… 라는 얘기 있잖아요."

"말해 무엇 해. 복식조를 이기긴 힘들지. 물론, 쟤네들은 예외야."

프로의 세계에서, 복식보단 단식이 더 위대한 업적으로 평가받는다. 실제로 선수들의 기량을 두고 비교하자면, 단식 선수들이 더 우위에 있기도 하다. 하지만 그건 '평균'의 얘기고, 톱을 차지하고 있는 선수들끼리 비교하자면 알 수 없는 일이다. 애거시와 피터 샘프라스가 함께 복식조를 이뤄도, 메이저 대회에서 우승이 가능할지는 아무도 모를 일이라는 거다.

"왜 예외예요?"

"부부잖아. 부부라는 것만으로 이미 반쯤 먹고 들어갔어."

말이 안 되는 것 같지만, 이형택의 말도 일리가 있었다.

뭉뚱그려 '호흡'이라고 하지만, 이 호흡에는 실로 여러 가지가 포함되어 있기 때문이다. 그리고 부부라면, 많은 부분에서 좋으면 좋았지, 해가 될 일은 없었다.

"거기다가 쟤네는 10년도 넘게 붙어 다녔어. 밥 먹고 자는 시간 빼면 다 테니스였으니… 무시무시할 거다."

최영태가 둘의 대화에 끼어든다.

영석과 진희의 성장을 옆에서 지켜본 사람이라 그런지, 말의 무게가 달랐다.

"아무튼, 엄청 재밌을 거 같아요. 단식 최강자들 대 복식 최강자들. 캬……."

이재림의 말에 모두가 동의를 하며 시선을 코트에 뒀다.

그곳엔, 두 개의 공을 주고받으며 몸을 풀고 있는 네 명의 선수가 자리하고 있었다. 긴장감으로 얼어붙은 공기에 지지 않으려는지, 자신의 몸에서 열을 뿜어내며.

*　　　　　*　　　　　*

펑!!

탁!

공중에 붕 떠서 팔을 뻗었던 진희가 발리를 성공시키고 착지를 한 후, 빠르게 주저앉았다.

펑!!

"……!"

길게 나아간 공을 따라붙은 리사 레이몬드가 공을 치고는 미간을 찌푸린다. 전위로 나온 진희를 노리고 친 공인데, 진희가 주저앉으며 흘렸기 때문이다.

탁, 끽!

공이 자신의 머리 위로 지나가자마자 진희는 벌떡 몸을 일으켜 빠르게 우측으로 비켜선다.

쿵!

전위를 노렸던 공은 베이스라인까지 나아가지 못하고 어중간하게 서비스라인 근처에서 떨어진다. 그리고 그 공을 기다리고 있는 것은 양팔로 라켓을 굳게 잡고 있는 영석.

"……."

순간, 영석과 진희의 모든 행동들이 정보가 되어 밥과 리사에게 혼란을 주기 시작한다.

끽!

진희가 상체를 우측으로 살짝 기울이며 훼이크를 건다. 영석의 시선과 어깨, 디딤발이 밥과 리사의 시야에 잘 들어왔다.

인사이드—아웃으로 백핸드를 보낼 것인가 고민하는 그 순간…….

쾅!!

영석은 생각할 틈을 주지 않겠다는 듯 양팔을 재빠르게 휘둘렀다.

쉭—

공이 빠르게 쏘아짐과 동시에 밥과 리사가 약속이라도 한 듯, 한차례 움찔 떤다.

찰나의 역동작에 불과하지만, 공은 그 빈틈을 예리하게 파고들었다.

쿵!

거의 각도가 없는, 스트레이트에 가까운 크로스가 밥을 스치며 지나갔다.

"좋아쓰!"

진희가 껑충 뛰어와 영석의 등을 팡팡 두드렸다.

"잘 속네."

"그러게, 그럼 이번엔…….”

둘은 그렇게 찰싹 달라붙어 입을 가리고 얘기를 나누었다.

　　　　*　　　　　　*　　　　　　*

"저렇게 움직이면… 답이 없죠, 답이."

―6 : 4.

1세트가 끝나고 선수들이 짧게 휴식을 취하고 있는 시간, 관중석에서는 다시금 얘기가 시작되었다. 기가 차다는 이재림의 말이 여운을 남길 무렵, 최영태가 고개를 끄덕였다.

"텔레파시… 일까. 재들은 훈련 때보다도 더하구나."

영석과 진희는 1세트가 진행되는 동안, 포인트와 포인트 사이의 짧은 시간을 제외하면 거의 한마디의 말도 나누지 않았었다.

"모든 플레이가 약속됐다는 거죠."

"그게 가능할까? 시합에서?"

어느새 자리에 앉은 고승진과 조윤정도 대화에 끼며 영석과 진희가 보인 엄청난 경기력에 감탄을 하기 시작했다.

같은 프로이고, 같은 종목이지만, 같은 높이라고는 전혀 생각할 수 없는 환상적인 호흡.

6 : 4라는 스코어로 인해 짐짓 접전이 이루어졌다고 판단할 수 있으나, 하나하나의 포인트를 뜯어보면 분명 영석과 진희의 압도가 계속되고 있을 뿐이었다.

"그래도 미국 애들이니까, 저 선수들이니까 이 정도로 버텼다고 생각해요."

조윤정이 조용히 중얼거렸다. 모두가 고개를 끄덕이며 동감을 표했다. 밥과 리사는 각자 남자 복식, 여자 복식에서 최고를 달리고 있는 선수들이다. 복식에 대한 기본적인 이해도가 영석과 진희보다 높음은 물론이고, 경험 또한 비교할 수 없을 정도로 많다.

"확실히, 움직임이 유기적이고 따야 할 포인트는 잘 챙기고 있어."

"그럼에도 저 괴물 같은 부부한테 밀리죠. 혼합복식이라 그런가? 제 눈에는 아직 완벽하게 호흡이 안 맞는 거 같아요. 오히려 영석이네가 전문 복식조 같은 느낌이 드네요."

다시금 이재림의 말에 조금은 긴 침묵이 이어졌다.

"템포가 달라."

최영태의 말에 모두의 집중이 확 쏠렸다.

이중에서 영석과 진희처럼 부부가 복식조로 활동했던 선수는 최영태밖에 없었기 때문이다.

"두 가지 의미에서 달라. 우선, 복식 페어 내에서의 템포를 따져보자. 성별이 다른 선수들이 한 묶음으로 있으니, 당연히 기본적인 템포가 서로 달라. 그런데 영석이네는 아예 서로 템포가 같아. 즉, 영석이네는 한 덩이로 움직여서 단식처럼 플레이를 하고, 밥과 리사는 복식 플레이를 하고 있어. 결국 페어끼리 대조했을 때 템포가 다르게 되는 거지."

"…호흡이 잘 맞는다는 걸까요?"

약간은 어려우면서도 추상적인 설명이었다. 말하는 최영태도 사실 '느낌'을 설명하는 거라 굉장히 난감했다. 공교롭게도, 이 자리에 있는 모두가 이번 올림픽에서 복식으로 더 큰 성과를 얻었다. 그래서 그런지 눈빛들이 진지하다. 하는 수 없이 최영태는 몇 마디 부연을 하기 시작했다.

"비슷하면서도 좀 달라. 템포라는 건… 그래, 어떤 행동이 이뤄지기까지의 결정 속도라고도 생각할 수 있어. 페어의 템포가 일치하면, 완벽한 우위에 서게 되는 거지. 상대의 템포를 무너뜨리는 것, 속이는 것, 전략을 구사하는 것에서 모두 용이하게 되는 거야."

"결정 속도가 빠르다고 하지만, 방향이 다르면 말짱 도루묵이잖아요."

날카로운 질문이 뒤를 잇자 최영태도 인정한다는 듯 고개를 끄덕였다.

"그러니까 커뮤니케이션이 필요한 거야. 서로 얘기를 나누고 신호를 보내 약속된 플레이를 하고……. 물론, 이걸 아무리 해도 완벽한 템포의 일치라는 건 불가능해. 중요한 건, 상대의 움직임에 둘이 동시에 같은 반응을 떠올려야 하기 때문이지. 그것만큼은 정말… 영역이 달라."

"…뭔가 불가해(不可解)한 얘기를 들은 것 같네요."

"쉬운 게 아니지."

부우—

일행들은 언제까지고 떠들어댈 수 있었으나, 2세트가 시작된다는 신호가 들리자, 약속이라도 한 듯, 조용해졌다. 그러고는 다시 영석과 진희를 바라봤다. 참으로 차분한 신색을 갖고 있었다. 선수들의 뇌리에 '템포'라는 두 글자가 박히는 순간이었다.

"잘하고 있어."

"생각보다 잘 풀리고 있네."

영석과 진희는 차분하게 얘기를 나누고 있었다.

진희는 확실히 시합에 들어서자 정신적으로 완벽한 평온에 이른 상태였고, 영석은 늘 그랬듯 무쇠와도 같은 덤덤함을 보이고 있었다.

"그래도 슬슬 쟤들… 합이 맞아가고 있어."

"응, 느끼고 있어. 말은 줄어들고, 행동이 빨라져."

말로 하는 커뮤니케이션이 줄어듦에도 행동이 빨라진다는 것은 명백히 밥과 리사의 호흡이 잘 맞아들어 가고 있다는 뜻이다. 또한 그들도 서로의 '템포'를 동기화하고 있는 작업이 진행되고 있다는 것을 뜻하기도 한다.

"이번에 끝내자. 3세트까지 가면 성가실 것 같다."

혼합복식은 3세트 경기.

두 세트를 가져오면 그대로 경기가 끝나는 상황에서 영석과 진희는 금메달까지의 칠부능선을 넘어서고 있었다. 영석의 입에서 단호함이 느껴지는 말이 나왔다.

"좀 웃기지만, 5세트 경기였어도 좋았을 거 같아."

"응?"

여유일까, 그도 아니면 방심일까.

진희가 뜬금없이 5세트를 운운하자, 영석이 황당하다는 듯 반문했다.

"재밌어. 너랑 이렇게 시합하니까 너무 좋아."

"……."

무엇을 답해야 할까.

동조할 것인가, 찬물을 끼얹을 것인가.

영석이 잠깐 고민하는 그 틈을, 진희는 피식 웃는 것으로 채웠다.

"그냥 해본 말이야. 오케이! 이제 틈을 더 주지 말자."

"그래."

영석은 짧게 미소 지으며 진희의 의견을 받아들였다.

*   *   *

2세트는 1세트에 비해 조금 더 팽팽하게 진행됐다.

밥과 리사는 유기적인 협력 플레이를 살려 끊임없이 영석과 진희의 빈틈을 노렸고, 영석과 진희는 그냥 한 명의 선수가 코트를 누비는 것처럼 완벽한 일체감으로 움직였다.

믿기지 않지만, 심지어 들숨과 날숨의 타이밍조차도 거의 동시에 이루어졌다. 처음부터 끝까지 완벽하게 서로를 의식하고 서로의 입장에서 생각을 하고 있기 때문이다.

―고오오오오.

그리고 찾아든 순간, 매치 포인트.

5 : 5에서 6 : 5로 한 게임 브레이크한 영석과 진희는 여전히 푸른빛이 번뜩이는 정광을 뿜어내며 상대의 숨통을 끊을 준비를 하고 있었다.

콰앙!!

영석의 서브는 복식에서도 여전히 빛을 발했다.

펑!

그러나 이제 어느 정도 익숙해진 것인지, 밥이 온몸을 스프링처럼 튕겨 영석의 공에 반응했다.

복식은 상대적으로 단식보다 신경을 써야 하는, 책임을 져야 하는 영역이 좁기 때문에 가능한 리턴이었다.

불쑥—

네트 밑에 쭈그려 있던 진희가 총알처럼 빠르게 쏘아져 오는 공을 보고 콧김을 짧게 내뿜으며 팔을 뻗는다.

팡!

끼, 끽! 펑!

리사가 즉각적인 반응을 보이며 아주 기술적인 발리를 선보였다.

대각선으로 뻗어가, 진희의 리치를 벗어나면서도 아주 짧게 떨어지는 발리다. 실로 복식의 스페셜리스트다운 감각을 잘 발휘한 샷.

"마이!"

두두두! 끽!

그러나 진희는 그보다 한 차원 위의 영역에서의 테니스를 설

계하고 있었다. 기묘한 스텝과 함께 짧게 외치자 무서운 기세로 달려오던 영석이 발을 멈추고는 베이스라인의 센터마크로 되돌아갔다. 그 동작이 소름끼치도록 미끈해서 너무나 괴이할 정도였다.

'영석이가 받으면, 리스크가 너무 커져. 내가 뭘로 받아도 위험하지만… 일단 로브를 띄우자.'

스펑!

진희는 용케 공과 라켓 사이의 공간을 창출해 내어 강하게 긁어 올렸다.

끽, 끼긱!

그 순간, 네 명이 약속이라도 한 듯 현란하게 발을 놀리기 시작했다. 밥은 스매시를 칠 준비를, 리사는 한차례 몸을 살짝 돌려 밥과 눈을 마주치고는 적당히 네트 앞에 서 있었다. 영석과 진희는 둘 다 베이스라인으로 빠져나갔다. 듀스 코트엔 진희가, 애드 코트엔 영석이 있었다.

'진희한테 가겠지.'

영석이 힐끔 진희를 바라봤다.

"…역시."

굳이 말하지 않아도 진희는 자신에게 공이 올 것이라는 걸 알고 있었다.

잔뜩 긴장한 얼굴.

하지만 몸은 부드럽게 늘어져 있었다. 언제든 최고의 반응 속도를 낼 수 있도록 준비하는 것이다.

'센터로 들어올 가능성도 높아.'

밥이라면, 메이저 대회의 복식을 휩쓸고 있는 '그' 밥이라면, 진희가 여자라고 대충 스매시하지는 않을 것이다. 분명 진희와 영석 모두가 백핸드로 반응할 수밖에 없는 센터로 올 확률이 높았다.

'……'

머릿속으로 서너 가지의 시뮬레이션이 동시에 진행되었다. 그리고 영석은 하나를 선택했다.

'진희도… 알겠지.'

끽—

밥이 완전히 자리를 잡았다. 굳이 그라운드 스매시를 선택해서 시간을 주기보다, 바로 스매시로 때릴 기세다.

끽!

영석이 짐짓 발을 거칠게 내디뎌 밥의 신경을 분산시키려 해 봤다.

그러나 네트 근처에 있는 리사만 살짝 반응했을 뿐, 밥은 요지부동이었다. 진희가 그 순간, 살짝 왼쪽으로 이동했다.

"흡~!"

밥이 호흡을 길게 머금을 때였다.

두다다다다다!!

영석이 벼락처럼 달리기 시작했다. 밥이 들고 있는 라켓의 각도, 딛고 있는 발의 위치 등의 모든 정보를 취합한 후 내린 판단이 즉각적으로 실행되는 것이다.

펑!!

밥이 채찍처럼 팔을 휘갈겨 댔다. 여지없이 센터마크로 나가는 공.

진희가 이를 악물고 한 팔을 뻗었다. 양손 백핸드를 사용하는 진희였지만, 밥의 공은 예상했음에도 너무나 빨라 한 팔을 뻗을 수밖에 없었다.

'받으면 돼.'

한 팔을 뻗는 것에 만족해야 했지만, 진희는 손목의 힘을 풀지 않았다.

펑!

공이 라켓에 맞는 순간, 진희의 손목이 스프링처럼 유연하게 반응하여 라켓을 쿠션처럼 이용했다.

휙—

공은 밋밋한 인사이드—아웃 코스로 나아갔다. 상대에겐 듀스 코트인 코스.

전위로 나와 있는 리사와 영석의 눈치 싸움이 시작되었다. 진희는 그 순간에도 중심을 잡고 서비스라인까지 나와 어디로든 튀어 나갈 준비를 하고 있었다.

끽, 끼긱!

공이 아직 네트를 완전히 넘어서지 않았지만, 영석과 리사는 어깨, 손의 위치, 라켓의 각도 등을 이용해 짧은 순간에도 엄청난 훼이크 모션을 주고받았다.

'우측!'

팡!

영석이 그리 결정하고 몸을 기울인 순간, 리사의 라켓에 충돌한 공은 직선으로 뻗어갔다. 우측으로 보내게끔 밑밥을 깔아놨지만, 리사는 단순함으로 복잡함을 이겨낸 듯 결정이 빨랐다.

끼기기기긱!!

판단이 틀린 것을 인정하고 진희에게 공을 맡겨도 되는 그 순간, 영석은 기괴한 몸놀림을 보이기 시작했다.

우측으로 기울인 상태에서 오른발을 축 삼아 왼발을 시계 방향으로 돌리며 몸을 회전시키는 것으로 자신의 뒤를 지나가고 있는 공을 따라잡고는, 그대로 공에 역스핀을 준 것이다. 노리는 곳은 우측으로 짧게 떨어지는 드롭샷.

펑!

―우어오오오!

조용해야 하는 그 순간, 눈으로 보고도 믿지 못할 모습에 관중들은 감탄을 터뜨렸다.

끽!

그러나 리사와 밥은 달랐다.

공을 쫓아 몸을 날린 둘 중, 네트에 붙어 있던 리사가 더 빨리 도달했다.

턱―

영석이 중심을 잃고 오른손으로 땅을 짚은 그 순간,

퉁!

리사가 공을 걷어내는 것에 성공했다.

생각지도 못했던 드롭이어서일까. 리사가 걷어낸 공은 조금 뜨고 말았다.

"마이!!"

거친 숨소리와 함께 맑은 목소리가 크게 터진다.

끽, 두두두두두!

서비스라인에 머물고 있던 진희가 엄청난 속도로 달려와 공중에 떠 있는 공을 냅다 갈겼다.

쾅!

완벽한 드라이브 발리.

공이 삐죽한 포물선을 짧게 그리며 리사와 밥이 서 있는 가운데를 뚫고 지나갔다.

"게임 셋 매치……."

─우와아아아아!!

게임이 끝났다는 신호와 함께, 관중들이 기립하여 함성을 쏟아냈다.

"휴우……."

영석은 그대로 땅에 주저앉았다.

와락─

어느새 라켓을 집어 던진 진희가 영석을 깔아뭉개듯 안겨 들어왔다.

Chapter 99

Last piece of pie

—시청자 여러분, 아니, 국민 여러분! 지금 막 테니스 혼합복식 시상식이 시작되려 합니다.

—네, 가슴 벅찬 장면을 우리 모두 함께했었는데요, 이제 곧 선수들이 입장하겠습니다.

가운데가 살짝 높은 시상대는 메달의 색깔에 따라 서는 곳이 정해져 있었다.

—말씀드리는 순간, 선수들이 입장을 합니다. 네 명이 같은 옷을 입고 있으니 참… 믿기지가 않네요.

—여러분께 제가 거듭해서 설명드리지만, 2004년 이전에는 테니스에서 메달을 딴 적이 없습니다. 우리나라가.

해설과 캐스터는 자신들의 감동을 전달하기 위해 갖은 수를 써봤지만, 진심으로 감동하면 미사여구가 잘 나오질 않는다는 사실만 재차 확인할 뿐이었다.

─네, 이제 동메달의 고승진, 조윤정 선수가 시상대 위로 오릅니다.

─이번에 처음으로 혼합복식을 위해 합을 맞춘 두 선수인데요, 생각보다 너무나 훌륭한 성과를 거두게 되었습니다.

─고승진 선수는……

동메달을 목에 걸고 손을 흔들며 환하게 웃는 고승진과 조윤정에게 아낌없는 박수가 쏟아졌다.

─다음은 은메달입니다.

─밥 브라이언과 리사 레이몬드 선수. 대단한 선수들이죠. 각각 남자 복식, 여자 복식에서 가장 좋은 성과를 내고 있는 선수들이고, 이번 혼합복식 금메달리스트 후보 no.1이었던 선수들입니다.

밥과 리사는 마찬가지로 은메달을 목에 걸고 환하게 웃었다. 그 웃음에서, 아쉬움의 잔재는 조금 남아 있을지언정, 현재의 행복을 충분히 만끽하고 있다는 것을 느낄 수 있었다.

"우와아아아아아!!"

그리고 금메달을 확정 지은 영석과 진희가 단상 위로 오르자, 장내는 엄청난 함성으로 들끓었다.

─드디어! 드디어 저 두 선수가 시상대 위로 오릅니다.

─같은 시대를 저 선수들과 함께 살아가고 있다는 사실 자체가 신기할 정도의 대단한 선수들이죠.

—네, 혼합복식에서까지 우승하면서 이번 올림픽에서만 각자 두 개의 금메달, 총 네 개의 금메달을 대한민국에 선물하며 온 국민을 기쁘게 한 두 천재가 시상대 위로 오릅니다.

—네, 10대 때부터 천재 소릴 들으며 한국 테니스의 기대주로 성장했던 두 선수는 부부이기도 하고…….

짝짝짝—

환호와 박수 소리는 잦아들 줄을 몰랐다.

두 사람이 머쓱하게 손을 흔들기를 1분 여, 드디어 환호가 멈추고 금메달을 목에 거는 순간이 찾아왔다.

—한 가지 흥미로운 사실에 대해 말씀드릴 게 있습니다.

—그게 뭐죠?

—현재 두 선수 모두 호주, 프랑스, 영국에서 열린 메이저 대회에서 우승을 했습니다.

—아, 유명한 일이죠.

이미 2003년에 빠르게 두각을 나타낸 둘은, 2004년에는 적수가 없는 시즌을 보내고 있었다. 거의 모든 선수들이 그들과 마주치는 것을 꺼려 할 정도로, 너무나 압도적인 행보를 이어가고 있는 것이다.

—이번에 금메달까지 땄지 않습니까? 이제 곧 시작되는 US 오픈에서…….

—골든 슬램! 그걸 말씀하시는 거군요.

—…네. 여자 선수로는 이미 88년도에 위업을 달성한 슈테피 그라프가 존재하지만 남자 선수 중에는 아직까지도 존재하지

않는…….

케스터와 해설은 국기가 계양되고 국가가 흘러나올 때까지도 영석과 진희가 이룰 수 있는 업적에 대해 말을 나누고 있었다.

테니스인들에겐 어찌 보면 상식적일 수 있는 이 대화.

하지만 그 대화가 몰고 온 여파는 상상을 초월했다.

＊　　　　＊　　　　＊

<금메달 부부! 골든 슬램을 향한 위대한 여정!>
<골든 슬램? 도대체 그게 무엇인가?>

바로 다음 날, 영석과 진희에게 쏟아진 관심은 그야말로 막대했다.

스포츠 기자뿐 아니라, 사회부 기자, 연예부 기자 가리지 않고 어떻게든 영석과 진희를 보기 위해 찾아올 정도였다. 심지어는 각 뉴스 헤드라인에 영석과 진희의 모습이 나오기까지 했다.

"아무튼, 대단해. 두 선수 덕분에 테니스가 조금씩 대중적으로 퍼지고 있었는데, 이번에 아주 쐐기를 박았지."

박정훈이 죽어도 여한이 없다는 표정을 하고는 제자리에서 빙글빙글 돌았다. 누가 대답을 하기도 전에 계속해서 말을 이었다.

"US 오픈을 어떻게 조금이라도 가까이서 보려고 하는 사람들 때문에 뉴욕발 비행기가 남아나질 않아."

"대단한데요?"

"최근에 이 정도로 큰 뉴스는 월드컵 4강밖에 없었어."

영석과 진희가 적당히 박정훈을 상대하고 있는 동안, 최영태와 강춘수는 영석과 진희의 짐을 챙기고 있었다. 그 모습을 본 박정훈이 아차 하는 표정을 하고 조심스럽게 물었다.

"바로 가게?"

테니스 선수에게 올림픽이란, 낭만적인 일정이 아니다. US 오픈이 바로 8월 30일에 개최되기 때문이다.

"미국까지 가서 준비하려면… 아무래도 시간이 좀 필요할 거 같아서요."

"그래봐야 1주일밖에 안 남았지만……."

영석과 진희는 해치워야 할 일을 해치웠다는 듯 담담했다.

금메달에 조금은 특별한 의미를 부여했었던 진희조차도, 지금은 그저 US 오픈이 중요하다는 듯 차분한 신색을 하고 있었다.

"그래. 그게 중요하지. 그럼 나도 스케줄 체크해 볼게."

박정훈은 그렇게 말하고는 서둘러 자신의 숙소로 향했다.

"옛다."

찾아와 주셨던 부모님들과 영애를 공항에서 마중하는 시간.

영애가 불쑥 영석과 진희에게 상자를 내밀었다.

"뭐예요?"

"보약."

영애는 그렇게 말하고는 무슨 약재인지, 효능은 어떤지 등에 대해 말하며 영석과 진희의 체력을 걱정했다.

"보니까, 다른 국가 대표 선수들은 진짜 이것저것 많이 먹는 다더라. 신경 써서 준비했으니까 잘 먹어."

"…감사합니다."

"고마워요!"

영석과 진희가 밝게 웃으며 답하자, 영애도 씩 웃으며 몸을 돌렸다.

"이제 얼마 안 남았으니까 힘내라. 너희 올 때까지 사돈하고 잘 지내고 있으마."

"아프지 말고."

여전한 걱정을 전한 일행은 천천히 영석과 진희와의 짧은 이별을 선고하고는 한국행 비행기에 오를 준비를 했다.

─여보세요?

"나야."

─응, 형.

비행기를 기다리고 있는 짧은 그 시간, 영석은 태수에게 전화를 걸었다. 패럴림픽에 국가 대표로 출전하게 될 태수를 응원하기 위해서다.

"봤지?"

당당한 말, 언제나 그렇듯 정상에 서 있는 사람다운 자부심이 두 글자 안에 담긴다.

─역시… 형은 신이 아닐까 싶어.

기특한(?) 태수는 영석의 유치할 수도 있는 자랑에 맞장구를 쳐줬다.

"열심히 하라는 말 안 할 거야. 나이와 상관없이, 프로로 살아간다는 다짐을 한 사람에겐 '열심히'라는 말은 소용없지. 난 네가 좋은 결과를 일궈냈으면 좋겠어."

—……

결과보다 과정에서의 아름다움을 칭송하는 세간의 상식과 달리, 영석은 다짜고짜 태수에게 부담을 주었다.

태수가 대답을 못 하고 있자, 영석은 씨익 웃으며 한마디를 더했다.

"넌 무조건 최고가 될 수 있는 사람이니까. 원래 맞는 옷을 입으러 가야지."

—…응!! 기다려, 형.

언제나와 같이, 영석은 너무나 당연하다는 듯 태수를 믿었다.

그리고… 철과 돌보다도 단단한 믿음이 주는 울림은 굉장했다. 대답하는 태수의 목소리에 비장함과 확신이 서리기 시작했다.

"다 끝나고 보자. 맛있는 거 많이 사줄게."

—좀 많이 비싼 거 먹을 테니까 각오해.

둘은 그렇게 호기로운 말을 주고받으며 살갑게 통화를 했다.

*   *   *

"세상에……"

"어떻게 이런 멍청한 일이……."

미국 뉴욕의 별장에서 여느 날과 똑같이 훈련을 하며 지내던 영석과 진희는 충격에 그대로 얼음처럼 굳어버리고 말았다. 문대성 선수의 화려한 회축(뒤후리기) 영상의 여운을 뒤집듯 티비에서는 전 세계 사람들의 탄식을 자아내는 상황이 반복 재생되고 있었다.

―압도적인 페이스로 2등과 300미터 이상의 거리를 유지하고 있는 브라질의 반데를레이 지 리마 선수가 모습을 드러내며 비극은 시작됐습니다.

객관적이어야 할 기자의 멘트에 분노의 기운이 서려 있었다.

그럴 만했다.

"저런 미친 쓰레기가……."

진희의 입에서 과격한 욕지거리가 쏟아져 나왔다.

이것 역시 그럴 만했다.

우드득―

영석의 온몸에도 엄청난 힘이 돌아다니며 관절을 괴롭혔다.

그만큼 비극적인 일이었다.

42.195km.

그야말로 인간의 한계를 가볍게 넘어버리는 거리를 엄청난 속도로 달려야 하는 마라톤.

올림픽의 마지막을 장식하곤 하는 마라톤은 올림픽 정신을 상징하는 종목이기도 해, 가장 많은 사람들의 관심을 받는다.

화면에서 리마는 37km구간을 지나고 있었다. 한계를 이미 지나친 자의 무심하면서도 비인간적인 눈동자가 광채를 뿌리고 있었다.

─우엇!

갑자기 관중석에서 소란이 일더니 초록색 베레모에 주황색 치마 등의 전통 아일랜드 복장을 한 남자가 뛰어들었다. 평온했던 리마의 표정이 와락 구겨지며 애절함을 보였다. '제발 오지 마!'라는 표정이다. 하지만 아일랜드인은 무심하게 리마를 밀친다.

어떻게 저런 일이 가능한지, 저 사람은 무슨 생각인지를 떠올릴 수도 없이 리마는 맥없이 멈춰 서고 만다.

"⋯⋯."

"⋯⋯."

영석과 진희는 그 장면에서 욕조차 나오지 않음을 느꼈다.

리마는 그대로 페이스가 엉망진창이 되어버렸는지, 지금까지의 흐름을 완전히 잃어버리고 말았다. 뒤쫓던 선수들에게 내리 앞자리를 내어주며 3위까지 주저앉고 만 것이다.

무슨 수를 써도 이제는 따라잡기란 요원한 일. 온 세상이 흑백으로 바뀌어 버리는 아득한 절망감이 모두를 짓누르는 것만 같았다.

─하지만 마지막 트랙에서 모습을 드러낸 리마 선수는⋯⋯.

티비에서 기자가 다시 멘트를 이어갔다.

육상 트랙이 결승선이 되는 마라톤.

1, 2위 선수가 트랙으로 들어서고⋯ 곧이어 리마가 모습을

드러냈다.

"웃네……."

"허……."

리마는 해맑게 웃으며 모습을 드러냈다.

관중이 난입한 것 따위는 정말이지 아주 하찮은 일로 느껴질 정도의 성스러운 미소였다.

―결승선을 통과한 리마 선수는 관중들에게 화답을 하는 등…….

계속해서 말을 하는 기자의 목소리는 들리지 않는다.

영석과 진희의 눈동자는 그대로 리마에게 꽂혀 벗어나질 않았다. 아니, 벗어날 수가 없었다.

"나 같으면… 죽였어, 저 인간."

최영태가 불쑥 말을 꺼내자 영석과 진희의 침묵도 깨졌다. 성스럽기도, 애잔하기도 한 리마의 미소가 머릿속에 화인이 되어 영원히 남아 있을 것 같았다. 그러자 자연스럽게 그 불손한 관중이 떠올랐다. 굉장한 분노가 치밀어 오른다. 한 사람의 인생에서 가장 찬란할 수도 있었던 그 순간을, 아주 가볍게 지르밟은 그 모습이 너무나 화가 났다.

"저도요. 제가 못 죽인다면 청부를 해서라도."

특히 셀레스의 얘기를 들으며 습격과도 같은 비정상적인 일을 혐오하게 된 진희에겐 더더욱 크게 다가왔다.

2004년 아테네 올림픽은, 이처럼 거대한 비극과 함께 끝을 맺고 말았다.

＊　　　　＊　　　　＊

폐막식까지 모두 끝난 아테네 올림픽.

수많은 일이 일어났고, 감동과 절망이 빠르게 교차하는 이 스포츠 제전은 수많은 사람들을 웃고 울게 만들었다.

─아일랜드가 공식적으로 사과했다고 하네.

박정훈이 소식을 전해 왔다. 스케줄을 체크해 본 결과, 취재 일정이 잡혀 있어 부득이 영석과 진희를 따라가지 못했던 그는, '결승은 볼 거니까 뭐.'라며 태연하게 답하고는 그리스에 남은 상태다.

"사과한다고 동메달이 금메달이 되나요."

"뭐, 한 1,000억 정도 준답니까?"

영석과 진희는 콧방귀도 뀌지 않고 무심하게 땀을 닦아내고 있었다. 스피커로 연결된 전화라, 셋이서 얘기를 나누기엔 불편함이 없었다.

─아무튼, 그 사이코 새끼가 아주 올림픽의 감동을 다 망쳐 버렸어.

그렇게 셋은 한동안 욕설을 주고받으며 그 천인공노할 아일랜드인을 저주하고 있었다.

─아, 참. 우리나라 이번에 5위했어, 5위.

이제 분위기를 바꿔보겠다는 듯, 박정훈이 힘이 될 만한 얘기를 꺼냈다. 영석과 진희도 못 이긴 척 분노를 내려놓았다.

"오, 높은 거 아닌가요?"

―서울 올림픽 때보단 한 계단 낮지. 고무적인 건… 금메달 열다섯 개 중에 테니스에서 나온 게 네 개라는 점, 동메달까지 포함하면 마흔 개 중에 다섯 개가 테니스에서 나왔다는 점이야.

박정훈이 빠르게 이름들을 나열하기 시작했다. 금메달, 은메달, 동메달리스트는 물론이고, 아깝게 메달을 놓친 선수들의 이름까지 줄줄 새어 나왔다.

"박 기자님은… 참 사려가 깊네요."

진희가 저도 모르게 중얼거릴 정도였다. 멋쩍은 듯한 목소리로 박정훈이 말했다.

―꼰대 같겠지만… 난 국가 대표 선수들에겐 이상하게 마음이 가. 물론, 그 사람들이 올림픽 나온다고 인생을 희생한 건 하나도 없겠지. 심지어 좋은 성과를 내면 인생 피잖아? 지극히 타산적인 일임에도 불구하고… 왜인지 국가 대표는 그래. 애정이 생겨. 이입도 잘되고.

경박스럽지만, 박정훈은 소신이 뚜렷한 사람이다. 그 소신은 자신의 편의에 의해, 혹은 상황에 의해 훼손되지 않는다.

"이번에 패……."

―태수 선수? 말 안 해도 보러 갈 거야. 기다려 봐. 멋진 기사 뽑아줄 거니까.

그렇게 말하며 푸근하게 웃는 박정훈의 모습이, 수화기 너머로 훤히 보이는 듯했다. 그 모습은… 굉장히 따뜻했다.

"이제 올림픽은 끝! 으으으… 기분 변하고 싶지 않아. 태수만 신경 쓸래."

통화를 끝내고, 진희는 머리를 흔들며 이미 지나간 일과 앞으로 겪을 일에 대한 경계를 확실하게 정했다.

"그래, 좀 힘들지만, 잘 준비하자고."

"난 그 한약 먹었더니 쌩쌩해!"

진희가 팔을 들어 근육을 자랑(?)하자, 영석이 피식 웃었다.

"제패(制霸)하자. 진희 네 말대로."

"응!"

둘은 그렇게 말끔하게 올림픽에 대한 모든 것들을 털어냈다. 이제, 다시 '테니스 프로 선수'로서 살아갈 준비를 해야 한다.

*　　　　*　　　　*

웅성웅성―

긴 테이블이 단상 위에 놓여 있고, 그 테이블을 바라보는 다양한 인종의 사람들이 웅성거리며 얘기를 나누고 있었다.

"온다!"

늘 그렇듯, 눈치 빠른 사람 한두 명이 소리를 치면 그제야 긴장된 분위기가 조성된다.

파라라라락―

영석과 진희가 최영태와 함께 입장을 시작했다. 강춘수는 사회를 맡기 위해 따로 마련된 자리로 향했다.

엄청난 플래시 세례가 선수들에게 집중됐지만, 찍는 쪽도, 찍히는 쪽도 익숙한 듯 일상적인 느낌이었다. 뒤에 병풍처럼 세워 놓은 파티션에 또렷이 적힌 '한신은행'이라는 이름 또한 일상적이었다.

"반갑습니다, 여러분. 여러분도, 선수들도 피곤할 테니 오늘은 빠르고 정확한 대화를 하도록 합시다."

강춘수가 포문을 열었다. 완벽에 가까운 영어 실력이었다.

'이것도 문제야.'

태연한 표정이었지만, 영석은 사실 꽤나 피곤한 상태다. 혼합복식에서의 몸놀림이 그새 몸에 살짝 스며들었다는 걸 깨닫고 그걸 털어내는 훈련을 하고 있어서, 체력적으로 상당히 피곤했다. 그런 와중에 공식 기자회견까지 잡혀 있으니, 정신적인 피로까지 엄습하게 된다.

"…입니다. 올림픽 금메달 축하합니다. 이번 US 오픈을 앞둔 소감은 어떠신지 궁금합니다."

멍하니 있다가 기자의 소속과 이름을 못 듣고 말았지만, 영석은 막힘없이 대답했다.

"늘 재미없는 답변만 해서 죄송합니다만, 저는 해왔던 대로 준비했습니다. 이번에도 훌륭한 선수들이 많이 나올 것이고, 전 그들과의 경기 하나하나를 그저 최선을 다해 임할 뿐입니다."

"우선 체력적으로 조금 고된 일정이었기 때문에, 체력적인 안배를 무엇보다 우선하고 있습니다."

영석과 진희가 차례대로 대답을 하고, 뒤이어 뻔한 질문과

뻔한 답변이 나왔다. 그리고… 모두가 '누가 언제 말하지?'라며 궁금해했던 그 단어가 한 여기자의 입에서 나왔다. 영석과 진희에게 참으로 친숙한 인물이었다.

"안녕하세요, 〈테니스코리아 매거진〉의 김서영입니다. 두 분은 윔블던에서 우승을 하며 올해 커리어 그랜드슬램을 달성하는 데 성공했고, 이제 남은 것은 캘린더 그랜드슬램과 골든 슬램입니다. 아무래도 이에 대한 압박이 심할 것 같은데요, 이로 인해 부담감은 느끼지 않습니까?"

총대(?)를 맨 김서영에게 마음속으로 찬사를 보낸 기자들이 영석과 진희의 입을 뚫어져라 쳐다봤다.

"아무래도 의식은 될 수밖에 없죠. 그래도 최대한 가볍게 임하고자 합니다. 인생이 그렇듯, 힘을 준다고 해서 제대로 되는 경우가 별로 없거든요. 그저 제가 할 수 있는 만큼만 하면 된다고 생각합니다."

"저는 완전히 의식하고 있어요. 매일매일 두근거려서 힘들 정도예요. 그래도 그런 부담감을 이겨내는 재미가 또 있으니까… 잘 풀리지 않을까요?"

타다다다다—

각자의 성격이 잘 드러난 답변에 기자들의 손놀림이 바빠진다. 김서영도 자리에 앉고는 기사를 작성하기 시작했다.

*　　　　　*　　　　　*

2004. 08. 30.

드디어 US 오픈이 시작되는 날이 찾아왔다.

"상태는?"

"괜찮아요."

"좋아요."

최영태의 물음에 영석과 진희는 짤막하게 답을 했다.

"재림이도 따로 준비하고 있다더라."

영석과 진희, 그리고 이재림을 제외한 테니스 국가 대표 선수들은, 모두 아테네 올림픽을 끝까지 관람하고는 한국행 귀국 비행기를 타는 것을 결정했다. '내친김에 US 오픈까지?'라고 하기엔, 올림픽의 여운이 너무 컸다. 긴장감 자체를 가질 수 없는 상황이라, 선수들과 코치진 모두 귀국을 결정하는 데 합의했다.

"잘했으면 좋겠는데……."

"그러게."

금메달로 인해 정신이 한없이 풀어져 있을 이재림을 잠시 걱정한 두 사람은, 이내 그 걱정을 잠시 접어두고 각자의 1회전 상대를 만나기 위해 코트를 향해 걸어갔다.

1회전 상대는 알베르트 코스타(Albert Costa)로 정해졌다.

영석이 부상을 당해 날렸던 2001, 2002 시즌에 활약했던 선수로, 2002년 프랑스 오픈에서 우승한 바 있는, 전통적인 스페인의 강자였다.

'클레이였으면… 조금 더 즐거웠으려나?'

그러나 영석의 상대로는 역부족이었다.

쾅!!

의심할 바 없는 최고의 서브.

끽, 끼기기긱!

190㎝를 훌쩍 넘는 덩치로 보이는 완벽한 신체 능력은 절망이 되어 코스타를 괴롭혔다.

두두두두두!!

발까지 빨라 앞뒤로 흔들거나 낮은 공으로 괴롭힐 수조차 없다.

통!

격정적으로 움직이다가 순식간에 돌변해 섬세한 기술을 구사하기까지 한다.

'이길 수 있는 방법이 있을까?'

코스타는 비록 그리 유명하진 않지만, 메이저 대회에서 우승한 전력이 있는 선수다. 커리어 하이 랭킹 또한 6위로, 소위 '일류'라 자부할 수 있는 선수이기도 하다.

그런 코스타였지만, 영석을 상대로는 어림도 없었다. 창백한 낯으로 온몸을 잠식해 오는 무력감에 애써 저항하는 것이 코스타가 할 수 있는 일의 전부였다.

'괜찮군.'

피로가 쌓여서 조금 힘들 거라 생각했는데, 의외로 개운했다.

마치 최영태에게 체력 훈련을 받을 때처럼 몸이 한 차원 더 높은 영역에서 움직이는 것 같기도 했다.

"……."

영석이 바라본 코스타는, 냉정한 눈빛을 하고 있었다. 하지만 영석은 코스타의 절망을 간파하고 있었다.

'저 땀은 차갑겠지. 금방 끝내주마.'

쾅!

형광색 자그마한 공이 터질 것처럼 찌그러지더니 엄청난 속도로 튀어져 나간다.

오늘따라 그 작은 공이 수박처럼 크게 느껴졌다.

*　　　　*　　　　*

"난 글렀어."

이재림은 새카만 얼굴을 하고는 영석과 진희에게 푸념을 늘어놓았다. 시드까지 받아 본선에서 바로 활약할 수 있었던 이재림은, 1회전이 끝난 지금 다 죽어가고 있었다.

"그렇게 힘드냐?"

"아니, 딱 두 시간 찍으니까 몸이 안 움직이더라니까?"

그렇게 말하며 팔을 천천히 들어 올리다가 축 내려놓는 모습이 상당히 해학적이어서, 엄살 같기도 하고 심각해 보이기도 한다.

"음… 피로가 몰릴 때가 됐지."

비록 윔블던에서 빠르게 탈락하고 말았지만, 이재림의 올해 스케줄은 영석과 진희보다 조금 더 빡빡했다. 클레이라면 닥치는 대로 참가해 댔으니 당연한 일이다.

거기다가 올림픽이라는, 메이저 대회와 비슷한 규모의 대회에서 복식으로 끝까지 살아남았으니 피로가 정점에 달한 상태다.

"긴장을 놔서 그래."

진희는 조금 엄격하게 말했다. 금메달을 따고 너무 퍼진 거 아니냐는 가벼운 힐책이다.

일단 한번 풀어진 긴장감은, 그 선수가 어떤 발악을 해도 다시 팽팽하게 당기기 어렵다. 신체의 문제가 아니라 정신의 문제이기 때문에 컨트롤하기 더더욱 힘들다. 그렇다고 이 문제가 오롯하게 정신력에 달린 것도 아니다. 그저 파도처럼, 한번 일기 시작하면 포말을 쏟아낼 수밖에 없는 경우인 것이다.

긴장을 완전히 풀지 않는 것. 그것밖에는 답이 없는 일이기도 했다.

"그렇게 큰 대회에서 1등은 처음인 걸 어쩌냐. 뭐, 반면교사 삼아야지."

이재림은 울컥하기보다 자성의 목소리를 냈다. 1회전을 이기고도 기권을 한 자신이, 스스로가 생각해도 바보 같았기 때문이다.

"그래서, 몇 주짜리래?"

"그렇게 거창한 건 아니고… 4주 정도?"

이재림은 무명의 1회전 상대를 만나 2시간 40분의 혈투 끝에, 6 : 3, 4 : 6, 2 : 6, 7 : 5, 6 : 4라는 스코어로 승리를 거뒀다. 말 그대로의 혈투라, 이재림은 후반에 들어선 숫제 억지로 몸을 움직여 랠리를 이어나갔었다. 스타일 자체가 오래 뛰어다니는 걸 전제로 하기 때문에, 부상은 종아리 근육에서 발생하고 말았다. 다행히, 경미한 정도의 부상이라 선수 생활에는 아무런 지장이 없었다. 사실 이 정도는 누구나 겪을 수 있는 사소한 문제기도 했다.

"바로 귀국?"

"응, 이렇게 된 김에 푹 쉬고, 왕중왕 열리기 전에 자그마한 대회 하나 참가하고 내년 준비해야지."

절친인 영석이 부상으로 고생했던 걸 옆에서 지켜봐서일까.

이재림은 그 나이대의 선수들이 부상에 보이는 예민한 반응은 보이질 않았다. 침착하게 계획을 수립할 뿐이었다.

"그래, 가서 푹 쉬고, 좀 놀고 그래. 그렇다고 너무 퍼져서 괜히 형들한테 끼어서 술 한잔 먹지 말고. 그거 독이다, 독. 한 잔에 우승컵 하나씩 날아가."

"어, 응……."

설마 그럴까 싶은 얘기를 태연하게, 그것도 영석이 말하니 어쩐지 설득력이 있는 것처럼 느껴졌다. 뭔가에 홀린 듯 이재림이 멍하니 고개를 끄덕였다.

"조심히 가. 가서 인터뷰 잘하고~!"

진희는 아까의 힐책이 미안했는지, 사근사근 이별 인사를 건넸고,

"누워서 봐라. 내가 우승하는 그 모습을."

영석은 심술 가득한 말로 이재림을 괴롭혔다.

"둘 다 잘해라."

그런다고 말속에 담긴 뜻을 모를까. 피식 웃으며 이재림은 목발을 짚고 일어났다.

*　　　　*　　　　*

"페더러, 로딕이 여전히 복병입니다. 이 선수들을 만나면 각별히 조심하셔야 합니다. 나달 또한 순조롭게 1회전을 돌파했으니 유의하시길 바랍니다. 아, 죠코비치는 본선 명단에는 없었습니다."

"…음. 네."

늘 비슷비슷한 명단.

강춘수는 혹여나 영석이 방심을 품게 될까 염려라도 한 듯, 제법 단호하게 주의를 줬다.

'지겨운 거와 대충하는 거는 다르지만…….'

톱 프로 중에서도 톱의 자리는 거의 두세 명의 선수가 나눠 먹는다. 그건 어느 종목이든 마찬가지다. 다만 테니스는 개인 스포츠이기 때문에, 더더욱 명단이 공고해 보이는 것뿐이다. 영석은 이 문제에 대해선 철두철미하다. '일단 이겨놓고 지겨워하자!'라는 지침을 수십 년 동안 지켜왔기 때문이다.

"WTA도 마찬가지입니다. 여전히 에넹과 윌리엄스 자매가 눈에 띕니다. 그밖에 눈여겨봐야 할 건… 이번 1회전에서 러브 게임이 꽤 많이 나왔다는 점입니다."

"호오, 누구누구요?"

러브게임은 한 세트에서 6 : 0같이, 하나의 게임도 못 딴 경우를 뜻한다. 한 선수가 시합을 할 의욕이 없거나, 한 선수가 미칠 듯이 잘하는 경우가 아니라면, 프로끼리의 대전에서 이런 경우는 거의 나타나지 않는다.

"총 다섯 게임이 있었습니다. 그중에서 5번 시드인 아나스타샤와 10번 시드인 쿠즈넷소바의 컨디션이 유독 좋아 보인다는 게 현재 전문가들의 평입니다."

"흠! 쿠즈넷소바가 아무래도 무섭죠! 젊으니까~! 최근에 보면 기세도 좋고요."

진희는 예상했다는 듯 고개를 주억이며 동의했다.

"자, 이제 1라운드 때 너희 경기를 복기하자."

최영태가 대화를 다음 단계로 끌고 갔다.

원래도 멘탈이 훌륭한 제자들이지만, 짚을 건 짚어야 한다는 게 최영태의 지론이었고, 영석과 진희는 이에 아무런 거부감이 없었다.

*　　　　*　　　　*

"나, 꿈을 꾸는 거 같아."

완벽한 나신으로 서로의 체온을 느끼고 있던 중, 진희가 자그맣게 중얼거렸다.

"꿈?"

"되게 빨리 좋은 성과 내고 있잖아. 올림픽도 그렇고. 기록도 그렇고. 그리고 결혼도 했고."

"…너무 행복해서 현실감이 조금 떨어진 건가? 불안하고?"

"…그냥 조용히 있지 좀. 내가 할 말이었는데."

고개를 갸웃거리며 말한 영석이 얄미운지 진희가 가볍게 툭툭 쳤다.

"난 안 그래. 마땅히 누려야 할 것들이고 행복이야. 그 뒤엔 더 큰 성취가 남아 있을 거고."

"…하여튼, 어렸을 때부터 입바른 소리는 최고라니까."

아예 등을 돌리고 짐짓 삐진 척하는 진희를 바라본 영석이 살짝 웃으며 뒤에서 슬그머니 안았다.

"나도 사실은 매일매일이 충족감이 커서 아주 행복해. 앞으로도 너랑 함께할 거니까 더 행복하고."

"흥… 이미 늦었어."

말과는 달리 진희는 영석의 손을 살며시 잡고 쓰다듬었다.

"다치지 말고 끝까지 잘해내자, 올해도."

"그래."

그렇게 서로의 온기를 느끼길 아주 잠깐.

스멀스멀 수마가 찾아오기 시작했고, 둘은 아주 곤히 잠들었다.

Chapter 100
G.O.A.T(Greatest Of All Time)

2004년도 이제 3개월밖에 남지 않은 시점.

어느덧 US 오픈도 끝을 향해 나아가고 있었다.

이제 세미파이널(4강). 남은 선수는 페더러와 로딕, 그리고 휴이트였다. 모두 영석이 상대 전적에서 압도적인 우세를 기록하고 있는 선수들이었지만, 승부라는 건 그리 쉽게 단정할 수 없는 영역의 것이다. 특히나 이번에는 저 셋에 더해 영석 자신까지도 '적'이었다.

'슬슬 부담이 되는군.'

골든 슬램(Golden Slam).

남의 입을 빌리든, 스스로 생각을 했든… 하나의 단어가 매일매일 쌓여만 간다. 빤히 예상하고 있던 긴장감과 압박이었지만, 막상 닥치자 소름이 돋을 정도로 어깨가 무거웠다.

'아직은 시합에 영향이 없지만……'

결승에서 누굴 만나든, 반드시 부담감을 짊어지고 경기를 치를 것이다. 그게 역량에 영향을 끼치게 되는 순간, 위대한 업적은 물거품이 된다. 상대보다 자신을 이기기 힘듦은 당연한 이치이니까.

'……'

가만히 눈을 감고 깊게 사고의 늪으로 빠져들고 있는데, 눈꺼풀이 파르르 떨린다.

*　　　　*　　　　*

끼릭—

친숙한 소음.

퉁, 퉁. 퍼엉!

투 바운드까지 허용이 되는 룰.

꾸득—

바퀴를 놀리는 팔의 억센 근육들이 지르는 비명.

쾅!

지금은 어색할 것만 같은 오른팔 스윙.

쿵!

잔뜩 부하가 걸린 손목에서 살짝 비명을 질러대지만, 영석은 굳건한 정신력으로 이를 무시하고 공을 주시하며 왼팔을 놀렸다.

끼릭, 끽—

'움직일 때 다리를 이용한다'는 당연한 메커니즘이 결핍된 휠체어 테니스는 아무리 강한 공을 쳐도 투 바운드가 허용되기 때문에, 선수들의 동선이 길어지게 된다. 그만큼 부지런해야 하기 때문에, 한시도 같은 곳에 머무는 것이 허용되지 않는, 극한의 부지런함이 요구된다.

펑!

상대가 베이스라인에서 3미터는 더 뒤로 물러나 공을 처리하려는 그 순간, 영석의 왼팔이 거대하게 부풀며 바퀴를 맹렬하게 회전시킨다.

치이익—

억세게 쥐었지만 손바닥이 타들어가는 고통은 컸다. 익숙해지려야 익숙해질 수 없는 고통이었지만, 영석은 무덤덤하게 이 고통을 무시하고는 굉장히 빠른 속도로 네트에 도달했다.

펑!

그리고 라켓이 자연스럽게 공을 쫓아가 가볍게 밀어낸다. 완벽한 발리. 공은 딱 두 번 바운드되더니 또르르 굴렀다.

"게임 셋 매치 원……."

심판의 선언이 들리지 않을 만큼, 순간적인 탈력감이 강하게 영석을 짓눌렀다.

—캘린더 슬램이자 골든 슬램.

패럴림픽 금메달까지 땄었던 영석이 위대한 업적을 이룬 순간이었다.

'그때의 나는… 어떤 마음이었을까?'

까마득한 옛날도 아니건만, 기억이 선명하지 않다. 시합을 뛰는 자신의 모습은 구체적으로 기억이 나는데, 그때 똬리를 틀고 있던 사상이나 가치관, 혹은 상념 등의 정신적인 영역은 뿌옇기만 하다.

"왜 사람은 이다지도 미욱한 걸까."

큰 한숨과 함께 자조어린 말이 저도 모르게 뿜어져 나왔다.

번뇌, 너무나 큰 번뇌.

각도만 달리 하면 아무런 가치도 없을 게 분명한 네 글자에 사람은 이다지도 쉽게 흔들리는 걸까.

'내가 약해진 탓이지.'

아마도, 패럴림픽 때는 잡념이 없었을 것이다.

삶의 목적이라는 고귀한 가치까지도 도달하지 못한, 그저 살아갈 이유가 되었던 게 테니스였고, 성과였다. 부담감이 없을 리 만무하지만, 그걸 찢어발길 정도의 처절함이 있었다.

'지금은? 삶에 여유가 있어서?'

같은 골인 지점이었지만, 자신은 약해졌다. 생각해 볼 수 있는 이유는 단 하나, 바로 '권태'다.

아무리 열심히 살아도, 권태는 도저히 사람이 이길 수 없는 녀석이다. 매일매일이 삶과 죽음의 시험대가 아닌 이상에야 권태는 서서히, 아주 천천히 사람을 옭아매려 한다.

'이길 수가 없지.'

권태에 맞서려 하는 순간, 권태에 목덜미를 물린다. 사람은, '목표'를 정해 권태를 무시하는 게 최고다. 최소한 목표 근처까지 가는 동안에는 권태를 느낄 수 없으니 말이다.

덜덜—

무릎이 절로 진동한다.

시인 보들레르가 그토록 찬미하며 두려워했던 권태는 뿔 달린 악마도, 삼두육비의 괴물도 아니었다. 권태의 정체는 천사 같은 '만족'이었다. 늘 경계해 왔지만, 이처럼 선명하게 느껴진 건 처음이다. 보통 사람들은 꿈에도 못 꿀 원대한 목표에 거의 도달한 영석은 그렇게 권태의 민낯을 마주하고는 끊임없이 마음을 다스렸다.

*   *   *

"거참, 배려하고 계시는 거 알겠는데, 너무 어색하잖아요."

밥을 먹다 말고 영석이 가볍게 핀잔을 주었다.

한국으로 간 지 얼마나 됐다고, 다시금 부모님을 비롯한 많은 일행이 함께 자리를 하고 있었다. 태수도 와 있었다. 패럴림픽 일정이 US 오픈 끝날 때쯤인데, 그 시간까지 훈련을 하기보다 영석과 진희의 시합을 보는 게 낫다고 판단한 건지, 잘 부리지도 않는 억지를 써서 이 자리에 있는 것이다.

"무슨 소리야. 네 아빠가 한 밥이 너무 맛있어서 그런 거야."

한민지가 택도 없다는 듯 영석을 구박했지만, 목소리의 떨림까지 감추지는 못했다.

"낚시 갈래요?"

"낚시?"

영석이 뜬금없이 낚시를 언급하자 다들 조금 놀란 분위기다.

"왜, 예전에 셋이 갔었잖아요. 이번엔 일정 되는 분들 다 모시고 같이 가는 거죠."

"좋지."

단박에 이현우와 진희의 부친이 함박웃음을 지었다. 어머니들은 살짝 표정이 안 좋았다.

"나보고 지금 지렁이를 만지라고? 떡밥 냄새를 몸에 묻히라고? 으……"

진희가 귀엽게 질색하는 표정을 짓자 한바탕 웃음이 식탁 위로 넘실댔다.

'익숙하진 않지만… 이분들을 진정으로 위해보는 것도 좋지.'

수도승같이 엄격하게 자신을 관조하고 목표를 위해 조금의 낭비도 허용치 않는 삶도 좋지만, 이번에는 조금 다르게 노선을 잡아보고 싶다는 충동이 영석의 가슴속에서 일렁인다.

끽—

진희가 울상 지었던 게 퍽 웃겼는지, 태수가 몸을 들썩였다. 의족을 낀 상태로 평범하게 의자에 앉아 있어서 들릴 리 없는 휠체어 특유의 마찰음이 영석의 귀에만 들려왔다. 명백한 환청이다.

'좋게 생각하자.'

삶을 두 번이나 허락받았다.

이렇게도, 저렇게도 정상에 서볼 수 있는 특권을 가진 것이다. 비교하고 분석하는 것보다, 둘 다 즐기기로 마음먹었다.

스윽―

목덜미를 물고 있던 천사가 뚱한 표정으로 어금니를 목에서 빼내는 모습이, 영석의 심상에 맺힌다.

*   *   *

영석이 세미파이널에서 대전을 치르게 된 선수는 바로 로딕이었다.

2003년 3분기에 빛났던 선수가 페더러라면, 4분기엔 로딕이 빛이 났었다. 두 빛 모두 영석의 빛에 삼켜졌지만 말이다.

'…호오.'

나직하게 감탄을 터뜨린 영석의 시선은 공에도, 로딕에게도 머물지 않았다. 영석 자신의 몸을 더듬고 있을 뿐이었다.

'거짓말 같군…….'

조금씩 마음을 풍화시키는 권태와의 마주함 뒤에 겪는 경기. 당연히 어느 정도는 영향이 생길 것이라 여겼다. 악전고투(惡戰苦鬪)조차도 예감했었다.

코트에 들어서기 전까진 말이다.

쾅!!

팔꿈치가 괴이한 각도로 휘어서 극도의 가동 범위를 확보하는, 로딕의 괴랄한 서브가 터진다. 이 불운의 천재는, 영석에게 패배를 거듭할수록 눈부신 성장을 이룩하고 있었다. 2016년의 영석이 기억하고 있는 로딕보다도 더.

쉭—

서브는 기이할 정도로 빠르게 느껴졌다. 초속과 종속의 차이가 거의 없는 것처럼 느껴지기도 한다. 거기다 짧게 떨어지며 와이드로 떨어진다. 듀스 코트에서의 서브이기 때문에 왼손잡이인 영석에겐 그야말로 치명적인 일격.

끽! 펑!!

하지만 영석의 반응이 로딕의 엄청난 서브를 일격에 무위로 돌렸다. 휘두르는 양손은 거침이 없었다.

쉭—

스트레이트로 빠르게 꽂힌 공에 로딕은 대응할 수가 없었다. 회심의 서브가 정확한 리턴과 만나니 항거할 수 없는 일격이 되어버린 것이다.

'달라……'

로딕이 침음을 삼키며 영석을 바라봤다.

정확하게 무엇이, 어느 정도나 변했는지는 모르겠지만, 이 괴물같은 인간은 더더욱 괴물 같아졌다.

"하……."

드높은 프라이드를 가볍게 무시한 한숨이 기어코 로딕의 입을 통해 밖으로 빠져나왔다. 이제는 족히 2미터는 됨직한 거대한 영석이 점점 부담스러웠다.

아무리 부정하려해도, 자력으로 영석을 이기는 것이 거의 불가능에 가까울 것 같다는 생각이 무겁게 다가왔다. 그 무거움은, 단박에 사람의 마음을 무너뜨렸다.

"어렵지 않았어⋯⋯."

영석이 자신의 손을 내려다보며 믿기지 않는다는 듯 중얼거렸다.

6 : 3, 6 : 4, 6 : 2.

3 : 0이라는 세트 스코어로 4강을 마친 지금, 승리에 무감각할 만도 한 영석은 지금의 상황이 굉장히 낯설었다. 마치 연습 게임 같다는 생각이 들 정도의 낙승.

'로딕은 못하지 않았어.'

그는 최선의 플레이를 펼쳤다.

언제나 앞을 가로막는 상대방을 두고도 자신의 기량을 유감 없이 펼치며 결코 항전을 포기하지 않았다. 서브는 여전히 위력적이었고, 그라운드 스트로크, 스텝까지 흡잡을 데 없는 모습을 보였다.

'기분이 묘하네.'

세상이 느려질 정도의 집중력이나, 번득이는 영감으로 번개처럼 움직이는 경우가 많았더라면 이 승리를 쉬이 납득할 수있었다. 하지만 그런 특별한 경우는 전혀 없었다. 그저 '왜 이렇게 잘 풀리지?'라는 생각이 들 정도의 자연스러운 승리가 뒤따

랐을 뿐이다.

"……."

이게 좋은 일임은 분명하다.

하지만 정체를 모른다는 점에서 영석은 어딘지 모르게 꺼림칙함을 느꼈다.

＊　　　　＊　　　　＊

쾅!

애드 코트에서 쏘아낸 서브가 센터로 떨어졌다.

불끈거리는 허벅지의 근육, 감각적인 반응이 부드럽게 공을 감싸 쥐었다.

펑!

자연스러운 리턴이 이어지고, 두 선수의 랠리가 한동안 길게 이어졌다.

―우와아아아아아!!

엄청난 환호성과 함께한 선수는 주저앉고, 한 선수는 선 상태로 라켓을 땅에 떨궜다.

"……."

작고 갸름한 얼굴은 적당히 그을었지만, 그럼에도 불구하고 '희다'는 느낌을 준다. 백인의 그것과는 다른, 묘한 피부 톤에 조금 놀라기도 잠시, 오밀조밀하게 안면에 자리한 이목구비는 수려하면서도 밸런스가 탁월했다. 길쭉한 팔다리, 조각과도 같은 온몸은 부드러움과 강인함이 적절하게 혼합되어 있었다. 땀에 젖어 있는 피부가 햇빛에 반사되어 번들거린다. 벌겋게 부풀어 오른 근육이 크게 호흡을 하며 지쳐 있음을 피력한다.

그리고 그 모든 것을 잊게 만드는 것, 그것은 눈빛이었다.

오연한 시선으로 세상을 굽어보는 듯한 눈빛을 사방으로 뿌리는 여자는… 진희였다.

"후우……."

진희의 입에서 가벼운 한숨이 흘러나왔다.

"게임 셋 매치 원 바이……."

심판의 선언과 함께 슈테피 그라프 이후의 '골든 슬램'을 달성하는 게 확실히 된 상황.

결승전 상대인 쿠즈넷소바(Svetlana Kuznetsova)는 엎드려서 땅을 내려치고 있었다. 그리고 진희는 멍하니 그런 쿠즈넷소바를 바라보며 서 있었다.

'이겼구나.'

테니스 선수가 꿈을 꿀 수 있는 것 중 가장 위대한 업적을 달성한 지금, 진희는 기쁨과 슬픔 같은 색체 짙은 감정보다, 조금은 쓸쓸하면서도 텅 빈 듯한 느낌을 받았다. 온몸의 힘이 쭉 빠져서 그냥 쉬고 싶다는 생각으로 머릿속이 가득했다.

'미쳤어, 미쳤어…….'

고개를 절레절레 저은 진희는 살짝 웃으며 가족들이 옹기종기 모여 있는 곳을 힐끔 보고는, 걸음을 옮겨 네트로 향했다. 정체 모를 감정은 일단 가슴속 깊숙이 묻어놓았다.

"바쁘겠어."

결과를 온전하게 만들기 위한 절차가 아직 꽤나 많이 남아
있었다.

*　　　　*　　　　*

두근거렸다.

메이저 대회 결승에 진출하는 것이 이제는 아무렇지도 않을
정도로 익숙해 보이는 두 사람이었지만, 그럼에도 황홀함의 농
도는, 대단하다는 가치는 조금도 희석되지 않았다. 최소한 최영
태의 눈에는 그렇게 보였다.

'기특… 하다고도 못 하겠군. 위대한 거지.'

진희가 쿠즈넷소바를 물리치는 과정은 그야말로 '고수의 가
르침'이었다.

강인한 힘, 번개처럼 움직이는 다리, 정교한 샷들… 모든 것
을 활용한 쿠즈넷소바였지만, 진희는 힘에는 터치 감각으로, 빠
른 발에는 전략으로, 정교한 샷에는 카운터로 응대하며 쿠즈넷
소바의 A to Z 모두를 제압했다. 실로 모든 부분에서의 원숙한
기량을 유감없이 선보인 것이다.

괴물 같은 기량에 아주 질 좋은 경험까지 더해진 진희는, 정
말이지 무서울 정도로 압도적이었다.

'음……'

그러나 최영태의 입에서는 침음이 새어 나왔다. 시합이 끝나

고 진희가 보인 표정이 마음에 걸렸기 때문이다.

"영석아."

"네."

옆에 서 있던 영석이 부름에 답했다.

영석 또한 최영태와 마찬가지로 진한 감동의 눈빛을 하고 진희를 바라보고 있던 중 진희의 기색에 조금은 놀란 상태였다. 이해가 되면서도, 평소의 진희를 생각해 보면 당황스럽기도 했다.

"진희 케어 잘해라."

"…그래야 될 거 같네요."

두 남자는 박수를 치면서도 머릿속으로 걱정을 품으며 진희의 우승을 축하했다.

＊　　　　　＊　　　　　＊

"남편아."

"응."

구름 위를 걸으면 이럴까. 사뿐사뿐 걷는 것도 아니고, 깡총깡총 뛰는 것도 아니건만, 진희는 현실감이 결여된 걸음으로 영석을 향해 다가왔다,

―16년만의 WTA 골든 슬램.

심지어 진희는 올림픽에서 두 개의 금메달을 따고 골든 슬램을 이룩했다.

통합 커리어로 보면 아직은 그라프에 미치지 못하지만, 단일 시즌을 전제로 하면 역대 그 어느 선수보다도 대단하다는 평가를 받게 되었다. 아마 지금 이 순간, 전 세계는 똑같은 뉴스를 보도하고 있을 것이다.

"…역시. 널 봐야 마음이 채워져."

다가와서 영석을 살짝 올려다보길 수 초, 진희가 싱긋 웃으며 말하자 영석이 되물었다.

"뭘로?"

"…삶의 의지? 픕. 뭔 말이야 이게……."

자신의 대답이 웃겼는지, 진희는 실소하며 영석을 안았다. 그러고는 몸을 축 늘어뜨렸다.

"좋다."

"……."

진희는 '우승'과도 같은 지엽적인 얘기는 굳이 꺼내지 않았다. 영석의 시합에 영향을 줄 수도 있는 노릇이고, 지금 이 순간 진희에게 중요한 것은 그런 것들이 아니기 때문이다.

한편, 영석은 여러 가지 얘기를 나누고 싶었다. 목표와 목적은 다른 것이고, 그것이 삶과 연결되는 방식 또한 굉장히 예민한 문제라 진희가 현재 품고 있는 마음을 알고 싶은 것이다.

그런 영석의 의도를 알았을까. 진희가 씨익 웃는다.

"할 얘기가 많아. 내일 너 시합 끝나고 얘기하자."

영석 또한 결승전을 앞두고 있는 상황. 진희의 말대로 지금은 시합에 집중할 때다.

"그래. 그게 좋겠다."

"아 참, 오늘 나 엄마랑 아빠랑 같이 자려고 하는데, 혼자 있어도 괜찮겠어?"

두 번째 배려가 이어졌다.

진희는 이런 중대한 일을 앞두고 있을 때의 영석이 얼마나 많은 상념에 휩싸이게 되는지 익히 알고 있다. 같이 있어도 되겠지만, 홀로 있는 것도 좋은 선택이 될 수 있는 게 영석의 성향이다.

"고마워."

영석이 씨익 웃자, 진희가 영석에게 입을 맞춘 후 사랑스럽게 웃었다.

"내일 보자."

진희가 나간 후, 영석은 멍하니 앉아 오늘의 시합을 회상했다.

진희는 평소와 다름없는 모습으로 시합을 치르고 이겼다. 필요 이상의 긴장은 결코 보이지 않았다. 하지만 번뜩일 수 있는 순간을 만들어내고 놓치지 않는 모습도 보였다.

"하던 대로… 라."

내일의 상대는 휴이트를 이기고 올라온 페더러였다.

아직 열 번도 만나지 않았지만, 굵직굵직한 순간에 자주 만나서 그런지, 익숙한 걸 넘어서 친숙하기조차 하다. 머릿속에 떠오른 페더러는 금방 사라졌다. 시합을 어떻게 운영할 것인지에 대한 고민은 가장 중요한 문제라 일찌감치 끝냈기 때문이다.

—두근, 두근…….

심장이 조금씩 빨리 뛰는데, 잠이 오는 것도 같은 느낌이 든다.

—삐이이이이.

이명(耳鳴)은 바깥의 소리가 고막에 파고드는 것일까, 그도 아니면 몸 안에서 들리는 소리일까. 경위야 모르겠지만, 날카롭게 고막과 머리를 울려대는 이 소리가 뜻하는 바는 간단했다. 바로 전조(前兆)였다. '그'가 나타날 것이라는.

—…….

이제는 정체를 알았다.

사고가 났을 때, 고민에 깊이 빠졌을 때… 이 존재가 나타난 것은 모두 '가위'에 눌렸을 때다.

현실인지 꿈속인지 제대로 판단할 수 없고, 호흡이 가빠져 온다. 그럼에도 이형(異形)의 존재를 바라보는 영석의 눈은 시종일관 침착했다. 예전과는 달랐다.

"왜 온 거지?"

아무 말 없이 주시하고 있는 것 같아 섬뜩했지만, 영석의 목소리는 역시나 침착했다.

—금방 왔군. 여기까지. 걱정 마. 오늘 이후로는 내 모습은 보이지 않을 테니.

사람을 공포로 몰아넣었던 위압적인 모습이 사라졌다. 어순이 이상해서 어색한 문장이 되어버렸지만, 어감에는 조금의 호의가 묻어나고 있었다.

"이제 안 온다고? 왜?"

—올 이유가 없어졌다.

"……"

그때는 이유가 있었는지, 정체가 무엇인지… 물어보고 싶은 것이 산더미 같았지만, 이상하게 입 밖으로 나오지 않았다.

—…최고의 유희였다. 널 보는 건.

이형의 존재는, 이 말을 남기고는 연기가 꺼지듯 사라져 버렸다.

"…뭐야."

겨우 그 말을 하려고 나타난 건가 싶다. 10년이 넘도록 인연(?)을 이어왔는데, 이제 다시 볼 일이 없다는 게 낯설기도 했다.

다만, 섭섭하지는 않았다.

"푸우우."

크게 숨을 내쉬자 가위는 자연스럽게 풀렸다.

7살 때의 첫 만남이 떠올랐다. 어두컴컴한 극장, 형용할 수 없는 공포, 정의할 수 없는 자신의 상태… 부모님과 영애에게 진실을 고하지 않았더라면, 무던하게 무시할 수 없었던 일들이 자신의 몸에 일어났었다.

주마등(走馬燈)처럼 지난 세월이 빠르게 머릿속에서 재생되었다.

"……"

그렇게 1분 여 동안 삶을 짚어본 영석에게 곧이어 엄청난 수

마가 찾아왔다. 큰 파도처럼 단박에 몰아친 수마는, 분명 지금
이 상황에서는 축복과 다름없었다.

'잘 지켜봐라.'

영석은 그 생각을 마지막으로 의식의 빛을 놓았다.

＊   ＊   ＊

"이곳 뉴욕에서는 한 시간 후에 펼쳐질, 역사적인 경기를 지
켜보기 위한 인파로 발 디딜 틈이 없습니다. 어제 달성된 김진
회 선수의 골든 슬램 이후, 이영석 선수의 골든 슬램 여부에 대
한 관심이 뜨겁습니다."

마이크를 잡고 카메라를 향해 말하고 있는 기자들의 모습이
한두 명이 아니었다. 이곳저곳에서 다양한 인종의 사람들이 각
자의 언어로 얘기하고 있는 그 모습은 장관이었다.

그뿐 아니었다.

인파(人波). 엄청난 인파가 길을 걷고 있었다. 최소 오늘 이
도시에 몰려든 인파는 어림잡아 10만 명 가까이 될 것이다.

―우웅~!

한편, 선수가 아직 입장하지 않는 센터 코트의 관중석은 이
미 만원으로 차 있었다. 부담 없이 큰 소리로 얘기를 나누다
보니 크게 뭉친 소음이 쩌렁쩌렁 울려댔다.

"상태가 좋아. 신기하네……."

코트에 입장하기 전, 큰 테니스 백 두 개를 양 어깨에 짊어

진 영석이 가볍게 목을 돌리며 자신의 상태를 체크했다. 어제의 가위 눌림 이후 신기할 정도로 컨디션이 좋았다. 육체적인 상태뿐 아니라, 걱정했던 정신적인 부분에서의 상태도 훌륭했다. 날카롭게 쑤셨던 '골든 슬램'이라는 단어도 지금은 그저 무디게 부딪혀 올 뿐이었다.

한 손에는 수첩이, 한 손에는 펜이 들려 있었다. 늘 해왔던 자기 점검은 이번에도 객관적으로 행해졌다.

'동기가 최고조로 올랐어.'

부담감일 수도, 긴장일 수도 있지만, 그 모든 것들은 동기(動機)가 되었다.

심장은 조금 빠르게, 온몸의 근육들은 조금씩 커지며 가쁜 숨을 몰아쉴 준비를 끝냈다. 모자 밑의 머리칼은 이미 더운 땀으로 축축해진 상태다.

─푸시이이이이이이이~!

스모그 장치에서 흰색 연기가 거칠게 뿜어져 나온다.

입장할 시간.

─저벅, 저벅…….

영석은 차분한 걸음으로 코트를 향해 걸어갔다.

*　　　　　*　　　　　*

─아, 이제 모습을 드러내는군요.

─어제 잠깐 얘기를 나눠봤는데, 컨디션은 괜찮아 보였습니다.

해설과 캐스터가 영석의 등장을 두고 흥분이 가득한 어조로 말을 나누고 시작했다. 아마도 수없이 많은 나라에서도 티비 앞에 앉아 있는 이들을 향해 해설과 캐스터가 열심히 얘기를 할 것이다.

"…어제 별 얘기 안 했다며?"

최영태가 자신의 옆에 앉아 있는 진희를 향해 물었다. 진희는 고개를 끄덕이며 진중한 눈빛을 영석에게 보냈다. 그 모습에서, 어제 이룬 성취에 대한 기쁨은 찾아볼 수 없었다.

"하고 싶었는데 하지 않았어요. 오늘 해야죠. 둘이 웃으면서."

그렇게 답하며 자신의 손톱을 물어뜯는 진희는, 누가 봐도 극렬한 긴장 상태임을 알 수 있었다. 누구보다도 영석의 시합에 몰입하고 있는 건 진희일지도 모른다. 영석 본인보다도 더 심하게 말이다.

슥, 스윽.

한편, 코트에 들어선 영석은 페더러와 가볍게 인사를 하고는 천천히 라켓을 꺼내들었다. 질식할 것처럼 많은 사람들이 시끄럽게 굴고 있었지만, 익숙해지다 보니 BGM처럼 자연스럽게 느껴졌다. 오히려 사람들이 안 보는 상황에서 시합을 하는 게 더 어색할 것만 같았다.

"음. 오늘은 세 자루 다 쓸 수도 있겠는데?"

비닐 안에 얌전히 자리 잡은 새 라켓들은 시합 전, 바볼랏 최고의 스태프들이 심혈을 기울여 세팅해 놓은 것들이었다. 한 치의 오차도 없는, 그야말로 '완벽하게 똑같은' 설정값을 지닌 라켓들은 오늘 결승을 치르는 영석의 손길을 기다리고 있었다.

다소의 긴장과 흥분이 영석의 신체와 정신을 고양시켰기에 영석은 세 자루를 다 쓸 수도 있다는 생각을 한 것이고 말이다.

―쿵쿵!

'오랜만이군.'

심장이 빠르게 뛰면 가슴이 북처럼 울리지만, 강하게 뛰면 귀 뒤가 쿵쿵 울려댄다. 이런 경험은 늘 찾아오진 않는다. 신체와 정신이 오묘한 균형점을 가질 때만 나타나기 때문이다.

잠시 호흡을 가다듬자 등이 조금 뻐근해지는가 싶더니 피가 온몸을 빠르게 돌아다니는 것이 느껴졌다.

'상대 좋고.'

살짝 훔쳐본 페더러의 안색은 좋았다. 영석과 인사를 할 때는 빙글빙글 웃으며 친근하게 굴었었지만, 형형한 눈빛은 숨길 수 없었다.

영석은 페더러의 상태를 '의심할 바 없는 최고'라고 생각했다.

'날씨 좋고.'

하늘은 맑다 못해 구름 한 점 없었다.

햇볕은 그야말로 쨍쨍했다. 모자를 안 썼으면 조금 불편할 정도로 빛이 광범위하게 쏟아져 내렸다. 습하지 않은 것 또한 딱 좋았다.

'무대 좋고.'

시설의 질을 얘기하는 것이 아닌, '무엇이 걸려 있느냐'의 차원에서, 이 무대는 최고다. 영석에게도, 페더러에게도 말이다.

"내 상태도 좋고, 이제… 시합만 최고이면 되는군."

저벅, 저벅―

열을 받아 뜨겁게 달아올라 있는 코트 위로, 영석이 몸을 옮기자 일순 관중석이 조용해졌다. 뒤이어 페더러까지 들어오자 열기를 꾹꾹 누르고 있는 침묵이 넘실대듯 퍼져 나간다.

그렇게 각별한 의미를 갖게 된 2004년 US 오픈 결승전은 뜨겁게 달아오르고 있었다.

*   *   *

펑!

끽, 끼긱!!

1세트.

최고의 도전자를 상대하고 있는 영석은 위험할 정도의 스릴에 빠져든 상태다.

'최고야.'

다른 모든 생각들이 뭉뚱그려 '잡념'이 되어버릴 정도의 스릴. 그것은 네트 너머에 있는 페더러의 역량에 기인한다.

펑!!

일격필살의 의지가 담긴, 특유의 인사이드―아웃 포핸드가 뜬금없이 터져 나온다.

지켜보는 관중은 물론이고, 상대하고 있는 영석의 계산을 모두 헛된 것으로 만들어 버릴 정도의 타이밍이다.

'이런!'

몸이 우측으로 쏠려 있던 영석이 다급히 몸을 일으키고는 좌측으로 빠르게 사이드 스텝을 밟았다. 코끼리가 뱀처럼 움직인다고 해도 이 정도로 이질적일까. 영석의 움직임은 스산할 정도로 미끄럽기 그지없었다. 스텝은 직선적이었지만, 체중의 이동이 극도로 부드러워서 이 같은 모습을 보일 수 있다.

끼익— 펑!

발을 길게 찢고 왼팔을 위에서 아래로 깎아 내리듯 휘두르자 공이 역회전을 품고 날아갔다. 왼손잡이인 영석이라 가능한 임기응변이었다.

끽, 끽! 툭!

그러나 페더러는 그도 예상한 것인지 네트 앞까지 여유롭게 나와 영석이 보낸 공을 발리로 끊어 먹었다.

"피프틴 올(15 : 15)."

페더러는 안면의 근육을 움직이지 않은 상태로 영석을 짧게 응시하더니 몸을 돌려 베이스라인으로 걸어갔다.

'빠릿빠릿하군.'

시합을 하기 전부터 느꼈던, 기분 좋을 정도의 긴장감과 집중력. 페더러는 역시 영석의 생각대로 최고의 컨디션이었다.

＊　　　　　＊　　　　　＊

콰앙!

한 대 맞고 얌전히 있을 영석이 아니었다.

어깨가 기분 좋게 뻐근해질 정도로 강렬한 서브가 용케 원하는 대로 꽂히기 시작했다.

펑!

페더러라는 천재는, 이처럼 엄청난 서브도 어떻게든 받아냈다. 초일류가 되기 위해선, 본인이 강서버일 필요는 없지만, 필연적으로 리턴은 초일류여야 한다는 것을 몸소 보이고 있는 것이다.

끽! 펑!

그 공을 깔끔하게 발리로 끊어 먹은 영석이 안도의 한숨을 쉬었다. 교본에 실릴 정도의 서브 & 발리. 너무나 깔끔해서 관중들과 심지어는 전문가들까지 이 대단함을 몰랐지만, 영석과 페더러는 이 포인트의 대단함을 알고 있었다.

'저 인간은… 사람이 아니야.'

페더러의 안색이 웃는 듯하면서도 찡그려져 있었다. 저 몸에 이런 운동 능력이라는 건… 신의 축복을 한 몸에 받지 않고서야 불가능한 일이다. 단순히 몸뚱이 하나로도 세계를 몇 번이고 발아래 둘 수 있을 인간이다. 종목을 불문하고 말이다.

하지만 그런 놈이 감각적인 능력 또한 대단하다. 머리까지 좋다.

'100점 만점에 99.999999점은 될 인간.'

이기려면 방법이 하나밖에 없다.

자신의 몸이 허용할 수 있는 한계를 가볍게 넘어서야 한다.

그것도 2시간이고 3시간이고. 온몸이 부서질 듯 아프겠지만, 혹은 부상을 당해 실제로 부서지겠지만, 그 수밖에 없다. 오늘 하루만큼은 100점을 넘어서는 수밖에 없었다.

'테니스 참 쉽게 하는 놈.'

한편, 영석 또한 페더러의 리턴에 혀를 내두르고 있었다. 발리로 손쉽게 포인트를 땄지만, 등줄기에는 식은땀 한 방울이 주륵 흐르고 있었다.

발이 아주 조금만 늦었더라면, 서브를 날리고 대시하는 게 조금만 늦었더라면, 페더러가 100% 이번 포인트를 가져갔을 것이다. 공의 회전을 보건데, 발목으로 떨어지면서 바운드 후에는 옆으로 도망가게끔 하는… 역회전이 걸려 있었다. 어떻게 그 공을 처리한다 한들, 그 뒤에 기다리고 있는 것은 날카로운 패싱샷일 게 분명하다. 네트로 어벙하게 나와 있게 되는 그 순간을 놓칠 페더러가 아니기 때문이다.

'어떻게 라켓만 갖다 댔는데?'

240km/h를 웃도는 서브에 라켓을 툭 대는 것만으로 스핀을 걸어 자신이 원하는 곳으로 공을 보내는 것은, 영석에게도 불가능에 가까운 일이다.

영석 정도의 반사 신경과 동체시력을 갖춤과 동시에 진희 정도의 터치 감각까지도 가져야 가능성을 점쳐볼 수 있게 되는 것이다.

그런 면에서는, 페더러도 영석보다 조금은 우위에 서 있는 부분이 분명히 있다.

쿵, 쿵……

어쩌면, 아주 어쩌면… 골든 슬램이라는 부담감을 빨리 벗기기 위해 페더러에게 과도하게 집중한 상태일 수 있다. 상대에게 집중하면, 나머지 것들은 생각나지 않기 때문이다. 그러나 영석은 애써 그 가능성을 부정했다.

그러기엔… 심장이 너무나 기분 좋게 뛰고 있었다.

"재밌네."

웃음이 절로 지어졌다.

                    *   *   *

"흑… 후우……."

벤치에 앉은 지 약 30여 초. 불긋했던 온몸의 색이 옅어지는 데 소요된 시간이다.

빠르게 몸을 회복시키기 위해 멘탈을 다잡았던 영석의 눈꺼풀이 1분 만에 열렸다.

6 : 4, 5 : 7.

'한 세트를 내주고 말았군.'

두 선수는 서로에게 비교 우위가 뚜렷한 편이다.

영석은 서브와 신체가 더 뛰어나고, 페더러는 감각이 더 뛰어나다. 그 외의 대부분의 요소는 비등비등한 편이다.

그러다 보니, 멘탈에 의해서 승부가 나기도 한다.

윔블던 결승에선 페더러가 우위에 섰고, 그 외에는 영석이 우위에 섰다. 그게 상대 전적을 크게 갈라놨다.

'평상시라면… 무난하게 이겼겠지.'

하지만 오늘은 메이저 결승이다. 초일류의 선수들은, 자신의 기량을 언제 폭발시켜야 할지 본능적으로 잘 알고 있다. 페더러도 그런 부류였다.

'서브는 이제 약빨이 떨어졌어.'

1세트는 눈에 익기 전이라 영석이 수월하게 따낼 수 있었다. 페더러 또한 이상하리만큼 날카로운 서브를 날릴 수 있는 선수라, 시합의 속도는 어마어마하게 빨랐다. 1세트 열 게임을 하는 데 소요된 시간은 고작 35분.

문제는 2세트였다.

서로가 서로의 서브 게임을 완벽하게 지키다 보니 필연적으로 게임 듀스가 진행됐고, 막판에 영석의 서브 게임이 페더러에게 브레이크당하고 만 것이다. 무리하게 퍼스트, 세컨드 서브 모두를 플랫으로 때려 넣다가 더블 폴트 한 번을 기록한 게 뼈아픈 결과를 낳았다.

'그건 리스크를 감수했으니까 괜찮아.'

문제는 '패턴'이다.

늘 어느 정도 이상의 역량을 가진 선수를 만나면 이런 패턴을 맞이한다.

1세트는 천지가 개벽하는 한이 있어도 영석 자신이 가져온다. 그만큼 영석의 서브는 압도적이었다. 하지만 2세트부터는 다르다.

메이저 대회에서 우승을 노려볼 수 있는 것들은 꼭 저항을 하게 되어 있다. 대각선을 길게 가로지르는 데 1초는커녕 0.5초도 소요되지 않는 서브에 금방 익숙해지고, 팔을 몇 번 휘둘러서 저항의 물꼬를 튼다.

'번번이 리턴을 허용하는 건 큰 문제도 아니지.'

머리까지 좋은 선수들은 한 포인트, 한 포인트를 설계할 줄 안다. 영석은 신이 아니기 때문에 그 수싸움에서 가끔은 질 수도 있다. 그게 때가 안 좋으면 게임을 결정짓는 포인트가 되기도 하고, 세트를 결정짓는 포인트가 되기도 한다.

그렇게 시소가 어느 정도 균형을 맞추고 나면, 영석에게는 '체력'이라는 거대한 적이 앞을 가로막는다. 덤프트럭이 오토바이처럼 기민하게 움직이는 것에는 대가가 따르기 때문.

'오늘도 체력은 장담할 수 없어.'

아무리 필요 없는 근육을 깎아내어 몸을 가볍게 만들고 독한 훈련을 한들, 천성적인 체력을 늘리기란 매우 지난한 일. 하물며 성과를 1, 2년 안에 보겠다는 것은 욕심이다. 스텝을 혁신적으로 바꿔 체력을 보존하는 것 또한 4분기쯤 되면 큰 효력을 발휘하기 힘들다. 영석도 그 점을 잘 알고 있었다.

부글부글…….

윔블던에서의 패배가 떠오른다.

99번의 승리로 얻는 기쁨보다 1번의 패배가 주는 아픔이 더욱 소중한 법.

'몸을 아끼면… 지는 거지.'

이번에는 그런 바보 같은 짓은 결코 하지 않으려 마음먹었다.

체력을 더 강하게 만들기 위한 훈련이 무의미하지만은 않았을 거라고 스스로를 세뇌했다.

혹—

생각을 정리하자 뜨거운 공기가 피부 위에 살포시 내려앉았다. 질 수 없다는 듯 피부가 붉어지기 시작했다. 몸 안팎에서 열기가 쉼 없이 줄줄 뿜어져 나왔다. 가족을 보고 싶었지만 눈을 돌리지 않았다. 좋은 쪽으로든, 나쁜 쪽으로든 지금의 상태에 어떤 영향도 주고 싶지 않기 때문이다.

그런 와중에 문득 사핀이 떠올랐다. 너무나 연관이 없는 인물이 불쑥 떠올라 당황했지만, 곧 납득할 수 있었다.

'그때의 그 마음……'

1회전이었지만, 뒤도 없고 미래도 없다는 마인드로 사핀에게 들이대서 승리를 거뒀다. 부상으로 1년을 날렸지만, 그 한 번의 승리가 지금의 기회를 만들었다는 사실을 부정할 수 없다. 그때의 승리는, '톱'으로 살아갈 수 있다는 확신을 얻을 수 있었던 소중한 경험이기 때문이다.

부우우—

신호가 울리자 영석은 힘차게 일어났다.

이제 3세트 시작. 아직 갈 길이 멀었다.

"다 태우자, 말라 죽어도 여한이 없게."

*　　　　*　　　　*

펑!

쾅!!

펑!!

훅— 훅—

"……."

"……."

코트를 내려다보는 것에는 많은 자격이 필요 없다. 그저 돈을 주고 티켓을 구하면 그뿐이다. 하지만 오늘만큼은 거의 강제적인 규칙이 하나 더 생겼다. 바로 '침묵'이다.

코트는 질식할 것만 같은 침묵이 무겁게 내려앉아 있었다. 별다른 의미는 없다. 모두가 집중하고 있을 뿐이다.

쾅!

페더러가 인사이드—아웃을 준비하는 것처럼 모션을 취한 후, 스트레이트로 곧장 찔러왔다. 의식을 놓고 랠리를 진행했었다면 반드시 속을 수밖에 없을 정도로 절묘한 타이밍에 속임수를 쓴 것이다.

'읽었어!'

크게 외친 영석이 따라붙어서 잭나이프로 처리했다. 오픈 스페이스인 듀스 코트로 쭉 찔러들어 가는 공은 완벽한 카운터에 가까웠다. 페더러는 애드 코트에서 백핸드가 아닌 포핸드를 구사하느라 공간에서 손해를 많이 보고 있는 상황이다.

페더러의 눈에 짧은 파란이 스쳐 지나가기도 잠시, 페더러는 본능적으로 공을 따라붙었다. 유려한 스텝은 이런 극한 상황에서 더욱더 찬란한 빛을 발했다.

펑!

라켓을 위에서 아래로 긁어내리며 공을 붕 뜨게 만들었다.

코스는 크로스.

영석이 잭나이프를 날렸던 그 자리에 공을 보낸 페더러는 성공적으로 시간을 벌었다는 판단과 함께 센터마크로 움직였다.

'좋군.'

스트레이트, 크로스, 드롭… 어떤 선택을 해도 이 포인트를 무조건 가져온다는 생각을 할 수 없는 상황. 페더러의 선택과 그 선택을 실행에 옮길 수 있는 신체가 빚어낸 최상의 결과였다.

'공수 교대는 3구 내. 그렇다면……!'

콰앙!!

영석이 양팔을 힘차게 휘둘렀다. 이번엔 잭나이프처럼 화려하지 않았다. 두 다리를 굳건하게 땅에 디딘 상태로 코스를 더욱 예리하게 잡고 때렸다. 코스는 다시 크로스.

'너는 이 공을 분명 러닝 포핸드로 잡을 수 있을 거야. 크로스로 받으면 네가 이기는 거고, 스트레이트로 때리면 내가 이긴다. 하지만… 크로스로 받기 어려울 거야.'

쎄엑—

소름 끼치는 파공음과 함께, 페더러의 발이 현란하게 움직인다.

끽, 끼기긱!

공에 거의 따라붙었던 페더러가 스텝이 엉켜서 빠르게 잔발을 밟으며 넘어지려는 몸을 우뚝 세웠다. 물론, 공은 무정하게 베이스라인을 한참 넘어서고 있었다.

'페더러가… 스텝을 놓친다고?'

지켜보며 애드 코트를 향해 뛸 준비를 하고 있던 영석은 놀라서 그 자리에 우뚝 섰다. 페더러가 스텝 실수라니! 일어날 리 없는 일이 일어나고 말아서 오히려 페더러보다 영석이 놀라 버렸다. 하지만 영석은 곧장 쓴웃음을 지었다.

덜덜ㅡ

뇌와 상관없이, 자신의 허벅지가 덜덜 떨리고 있는 것을 확인했기 때문이다.

시합 시간은 그리 길지 않았는데도, 벌써 다리가 저리기 시작했다. 둘 다 공격력에 있어서는 양보를 하지 않는 스타일이라 그렇다.

필연적으로 스톱 & 대시가 잦을 수밖에 없게 되고, 근육은 대놓고 혹사를 당한다. 다행히 5세트가 진행되고 있는 지금까지 체력에 큰 문제는 없다는 것이 유일한 안도가 되었다. 그리고 그제야 막연하게 인식하고 있던 스코어가 선명하게 떠오르기 시작했다.

6 : 4, 5 : 7, 6 : 2, 4 : 6, 4 : 4.

기어코 5세트까지 온 지금, 둘은 거의 한계에 도달한 상태였다.

"집중집중집중집중……."

입안은 바짝 마른 상태다. 침의 점성이 높아져서 목구멍을 막고 있는 것처럼 느껴지는 단계조차 지나친 것이다. 음료를 마셔도 해갈(解渴)은 잠시뿐. 몸의 땀구멍에선 쉴 새 없이 수분을 토해내고 있었다.

훅― 훅―

그러나 폐에서 뽑아내는 공기는 여전히 뜨거웠다. 마른 장작이 되어갈수록, 집중력의 불길은 거세게 타올랐다.

＊　　　　＊　　　　＊

콰앙!

듀스 코트에 선 페더러가 특유의 탄력적이면서도 날카로운 서브를 날렸다. 코스는 센터. 라인 위에 정확하게 찍히는 그 서브는, 분명 예리했다. 단숨에 숨을 끊을 정도로.

그러나 결코 영석의 빈틈을 찌르진 못했다.

'내 서브가 네 눈에 익듯… 그 반대도 가능하다는 걸 알아라.'

페더러의 서브는 다른 선수들의 서브와 궤를 달리 한다.

200~220㎞/h정도의 느린(?) 구속으로 서브 에이스를 거의 영석이나 로딕 수준으로 기록하는 것에는 다 이유가 있는 법.

―계산.

페더러는 '머리'로 서브를 구사했다. 정교한 서브는 계산대로 들어가면 반드시 허를 찌른다. 그 사실을, 이제 영석은 완벽하게 이해했다. 그리고 그 이해는, 육감과 만나 견고해졌다.

끽!

이 한 번의 리턴은, 시소를 완전히 기울게 만들 것임을 잘 알고 있는 영석이 비호처럼 몸을 날려 온몸의 탄력을 이용해 팔을 휘둘렀다.

쾅!!

리턴으로는 과분할 정도의 멋들어진 스윙과 함께 공이 한껏 찌그러진 상태로 공기를 가르며 직선으로 뻗어갔다.

―우와아아아아아!!!

브레이크.

마지막 세트 4 : 4의 대접전에서, 영석은 페더러의 서브 게임을 브레이크하며 5 : 4로 만드는 데 성공했다. 남은 것은 이제 영석의 서브 게임뿐이다.

*   *   *

빙글빙글―

영석이 그렇듯, 페더러 또한 마지막에 마지막까지 몰려도 결코 포기한 눈이 아니었다. 손안에서 라켓을 회전시키고 있는 페더러는 전혀 긴장한 티를 보이지 않았다.

'그도 그럴 테지. 브레이크할 수 있다는 건 스스로가 알고 있을 테니.'

이번 결승전에서 영석은 무려 세 번의 브레이크를 당했다. 네 번으로 되갚아주며 이제 우승에의 경쟁에서 한발 앞설 수 있게 됐지만, 그렇다고 해서 방심이 허락되는 수준은 아니었다.

'기세를 타게 놔두면 안 돼.'

5 : 4는 언제든 뒤집을 수 있다. 뒤에서 따라붙어서 목덜미를 잡아채기에 딱 좋은 스코어인 셈이다. 드라마의 재료로서 딱 좋기도 하다.

통, 통, 통, 통, 통…….

대여섯 번의 서브 내로 이번 게임을 끝내는 그림이 삽시간에 영석의 머릿속을 장악한다. 굉장히 쉽게 경기를 끝낼 수 있을 거라는, 막연한 기대가 마음까지 채운다.

휙―

단호하게 고개를 저은 영석이 첫 서브에 집중하기 시작했다. 지금부터의 서브는 평소의 서브와는 지닌 가치가 차원이 다르다. 평소와는 조금 다르게 생각할 필요가 있고, 약간의 반전을 줄 필요가 있었다. 쉬운 길이 떠올라도, 과감하게 무시할 필요 또한 있었다.

'첫 서브는 에이스를 노리지 말자.'

그리고 파격적인 선택을 했다.

'몸통으로 친다.'

지금까지는 서비스라인 좌우 양끝과 라인 위를 노리는 서브가 대부분이었다. 폴트를 제외하고 성공시킨 서브 전부가 그랬다. 그렇게 치면 에이스를 기록하지 못하더라도 공격권을 유지할 수 있으니 말이다.

쾅!

생각은 길었지만, 선택하고 실행에 옮긴 것은 재빨랐다. 평소의 토스보다 명확하게 낮은 토스와, 간결한 스윙.

예상치 못한 퀵서브가 영석에게서 터졌다. 근 1년 동안 한 번도 펼치지 않은 만큼, 모두가 움찔거리며 어색해할 정도의 기습적인 퀵서브였다.

쉭ㅡ

그러나 빨랐다.

200km/h를 가볍게 웃도는 속도는, 퀵서브치고는 너무나 빨랐다.

퉁!

좌우 어느 쪽으로든 튕겨 나갈 준비가 끝나 있던 페더러가 제자리에서 움찔하며 라켓을 배에 가져다 댔다. 라켓에 단순히 충돌했을 뿐인 공은 붕 떠서 되돌아왔다.

쾅!

사선으로 검을 내리긋듯, 단호하게 라켓을 휘둘러 발리로 처리한 영석이 회심의 미소를 지었다.

"피프틴 러브(15 : 0)."

쿵!

일만 명이 넘는 관중들이 동시에 들썩거린다. 아니, 실제로 몸을 들썩이지는 않았지만, 심장이 놀랐을 것이다. 단지 그것만으로, 코트 전체가 하나의 심장이 되어 뛰는 것 같은 착각이 들 정도로 엄청난 파장이 일었다. 영석의 업적, 페더러의 혁명… 각기 기대하는 바는 다르지만 역사적인 순간을 직접 목격할 수 있는 순간이 되자, 새빨갛게 눈이 충혈되는 것은 같왔다.

'두 번째는 평소의 서브. 하지만 센터로 보낸다.'

하지만 영석은 집중의 끈을 놓지 않았다. 숭고할 정도로 빛나고 있는 집중력은, 분명히 존재하고 있을 '기대감'이라는 녀석을 저쪽 구석으로 낑낑대며 밀어대고 있었다. 애처로울 정도로 힘에 부쳤지만, 개의치 않았다.

통, 통, 통, 통, 통······.

의식처럼 공을 다섯 번 튕긴 영석이 훌쩍 토스했다. 퀵서브가 아닌 것이 분명한 높이까지 공이 치솟자, 페더러의 안색이 살짝 아쉬움으로 물든다. 연속 두 번 퀵서브가 꽂혀드는 경우의 수를 비중 있게 생각했던 모양이다.

쾅!

끽! 펑!

영석이 팔을 휘두르고 곧장 네트로 쏘아지듯 달려감과 동시에 페더러의 정강이 주변이 꿈틀거리며 반응한다. 그리고 휘두른 팔은 완벽한 정타.

'쳇.'

0.1초의 여유라도 있다면, 공에 장난질을 칠 수 있는 시간은 충분하다. 영석은 서비스라인 부근에서 몸을 급격하게 멈추고는, 우측으로 총알처럼 뻗어나가며 팔을 쭉 폈다.

퉁!

발목 높이로 떨어지는 완벽한 패싱샷을 억지로 받아낸 영석이 몸을 일으켜 전방을 주시했지만, 페더러는 여유롭게 다가와 빈 곳으로 공을 찔러 넣었다.

"피프틴 올(15 : 15)."

우우우웅―

차라리 애처로울 정도로, 관중들은 안절부절못했다. 선수들은 그 초조함을 마음속에 품고 무거워져 오는 몸뚱이를 움직였다.

퉁, 퉁, 퉁, 퉁, 퉁……

획― 쾅!!

세 번째 포인트.

영석이 침착하게 서브를 꽂았고 예리하게 들어간 공을, 페더러는 놓치고 말았다.

"서티 피프티(30 : 15)."

이번엔 그리 큰 환호성이 일지 않았다. 그 부재를 채운 건 '안달'이었다.

"……"

영석과 페더러도 조용히 애드 코트로 걸음을 옮겼다.

'집중집중집중집중집중……'

영석은 어느 순간부터 눈을 깜빡이는 것을 잊었다.

평소에도 정도 이상의 집중력이 발휘되곤 했지만, 이번만큼은 경우가 달랐다.

삐이이―

집중력의 끝은, 집중이라는 단어도 맴돌지 않고 그저 사고(思考)가 없어지는 것뿐이었다.

퉁, 퉁…….

의식처럼 행하던 다섯 번의 튕김도 없이 곧바로 토스한 영석이 가볍게 팔을 휘두른다.

꽝!!!

고막을 때리는 걸 넘어서 머리를 망치로 찍는 듯한 굉음이 터져 나온다.

촤르륵—

"폴트!"

—오오오오!

네트에 막히고 말았지만, 모두가 저도 모르게 감탄을 쏟아냈다. 심지어는 페더러조차 경악을 한 얼굴이었다.

〈263km/h〉

전광판에 믿기 힘든 숫자가 찍혀 있다.

'아차…….'

자신의 공이 볼품없이 네트에 꼬라박히자, 그제야 무의식으로 끝없이 매몰되어 가던 영석이 정신을 차렸다. 모두가 경악한 걸 보고 의아해하다가 경악의 진원지로 시선을 두고는 인상을 찌푸렸다.

'멍청하긴…….'

스스로에게 보내는 가혹한 질책과 함께 조심스럽게 어깨를 돌려본다. 고통은 없었지만 혹시 모를 일이니 말이다.

'휴……'

천천히 한 바퀴 회전하는 동안 고통은커녕 근육이 살짝 걸리는 느낌조차 없었다. 어깨는 깨끗하다는 방증이다. 하지만 등이 살짝 뻐근했다. 아주 약간의 담이 결린 것이다.

제어할 수 없는 기량은, 몸에 독이 된다. 260㎞/h대의 서브는, 철인인 영석의 몸에도 명백히 부담이 되는 속도다.

'들어가지도 않아서 더 짜증 나는군.'

더군다나 영점 조절도 되지 않은 공이지 않은가. 260㎞/h아니라 360㎞/h였어도 안 들어가면 그 공은 의미가 없다.

통, 통, 통, 통, 통…….

영석은 고요가 찾아들기 전에, 빠르게 세컨드 서브를 준비했다. 살짝 풀어져 있던 페더러의 눈에 빛이 반짝였다.

'이놈 봐라.'

영석에게 의미가 없었던 퍼스트 서브가 페더러에겐 조금 압박이 되었다는 것을 깨달았다. 부담이 벗겨진 어깨가 부드럽게 풀리며 라켓이 공을 향해 로켓처럼 쏘아져 올라간다.

휘릭― 쾅!

쾅! 촤르륵!

세컨드 서브였음에도 기세 좋게 플랫 서브를 구사한 영석이었지만, 페더러는 당연히 플랫 서브가 올 것을 알았다는 듯, 자연스럽게 리턴을 했다.

하지만… 타점도, 타이밍도 완벽해 보였던 리턴은 살짝 풀어졌던 긴장감 때문인지 네트에 막히고 말았다.

"포티 피프티(40 : 15), 매치 포인트!"

평소였다면 요란법석을 떨었을 게 분명한 관중들은 어쩐 일인지 침묵을 지켰다. 자연스럽지 않은 침묵이 영석과 페더러의 어깨를 강하게 눌렀다.

*   *   *

쾅!

쾅!

펑!

누군가에겐 마지막 포인트, 누군가에겐 역전의 발판이 될 수 있을 랠리가 굉장히 격하게 진행되고 있었다.

'……'

생각조차 이어가질 못할 정도의 격한 움직임이 끊이질 않는다. 누군가 한 번쯤 페이스를 어그러뜨릴 선택을 해야 하는데, 그 리스크를 아무도 짊어지려 하지 않았다.

'그럼… 유도해야지!'

쾅!

상의가 펄럭여 턱 끝을 스쳐 지나갈 정도의 강한 비틀림.

충격적일 정도로 강한 공을 영석이 포핸드로 구사했다. 사선을 그으며 나아가던 공이 네트를 살짝 스친다. 그 정도로 회전이 없고 강하게 눌러 친 공이었지만… 페더러의 발은 절정의 속도를 자랑하고 있었다.

끽, 끼긱!

그저 직선으로 달려가는 것뿐이라 단순히 빠르게만 느껴졌던 페더러는, 공 근처에 다가서자 특유의 환상적인 발놀림을 보였다. 마치 홀로 무중력 공간에 있는 것처럼 무게감이 느껴지지 않는다.

쾅!

시원스럽게 뻗어 올리는 오른팔.

보는 이가 저도 모르게 감탄을 터뜨릴 만큼 멋들어진 원 핸드 백핸드가 터진다.

코스는 스트레이트. 완벽한 드라이브였고, 영석의 오픈 스페이스를 적절하게 찌르는 샷이었다.

"후우우우우."

거대한 양의 공기를 단숨에 뱉어낸 영석이 엄청난 속도로 공을 향해 튀어 나갔다.

'크로스.'

예측을 벗어난, 폐부를 찌를 만큼 치명적인 샷이었지만 영석은 빠르게 승리에의 청사진을 그렸다.

콰앙! 끼기기기긱!

양팔을 짧게 휘둘러 몸의 균형을 빠르게 맞춘 영석이 공의 행방을 눈으로 좇았다. 듀스 코트 쪽으로 짧게 떨어진 공이 빠르게 코트를 벗어나고 있다.

끽, 끼긱!

페더러가 머리칼을 휘날리며 빠르게 달려온다.

'잡겠군.'

공의 속도, 위치, 페더러의 기량과 속도 등을 고려했을 때, 지금 상황에서 할 수 있는 건 극히 제한적일 거라 판단한 영석이 성큼성큼 서비스라인까지 뛰어 나왔다. 로브와 드롭, 둘 다 반응할 수 있을 만한 지점에서 멈춘 영석을 본 페더러의 눈이 위험하게 빛난다.

쾅!

그러고는 냅다 팔을 강하게 휘둘러 버렸다. 그리고 영석의 정신과 몸이 바늘처럼 날카롭게 곤두섰다.

팍!

총알처럼 쏘아진 공이 네트 상단에 맞자, 관중석에서는 탄성이 들렸다.

공이 높게 떠오른다.

'제기랄……'

떠오른 공이 네트를 살짝 넘은 것을 캐치한 영석은 역동작에 걸린 몸을 재빠르게 추스르며 네트까지 달렸다. 이 한 번의 행운으로 공수가 교대되었음을 깨닫게 된 것이다.

'아니, 그 상황에서 스윙을 끝까지 했으니 공에 힘이 실린 거지.'

퉁, 펑!

'행운'이라는, 불길한 단어를 머릿속에서 지운 영석이 허리를 꼿꼿하게 세운 상태로 다리를 길게 찢어 공을 퍼 올렸다. 불완전할 수밖에 없는 로브였다.

'제발!'

회전을 많이 넣을 수 없는 상황이었기에 의도적으로 높게 띄운 공은, 아주 약간의 바람으로도 의도했던 것보다 멀리 나아갈 수도, 그 반대가 될 수도 있었다.

끽, 끽!

영석과 페더러가 각기 현란한 움직임으로 베이스라인까지 물러났다.

쿵!

다행히 공은 베이스라인 안쪽으로 떨어졌다. 페더러는 차분하게 그라운드 스매시를 준비했다. 멋진 트로피 자세가 영석의 눈을 아프게 찔러온다.

'예상하고 싶지만, 예상해선 안 돼.'

페더러는 지금 연속 두 번으로 영석의 예상을 벗어났다. 이번에도 예상이 빗나갔다가는 치명적일 수 있었다.

쾅!

참으로 탄력적인 스윙이 아름답게 수놓아진다. 역시나 페더러는 모든 동작이 수려했다.

하지만 그것을 감상할 시간이 없었다. 완벽한 균형 상태를 이룬 영석이 자신의 좌측으로 쏟아져 오는 공을 향해 달려가서는, 허리를 접으며 강하게 공을 끌어당겨 쳤다.

펑!

욱신─

시간과 공간 모두가 부족했기에 부득이 손목을 혹사했다.

쉬익―

직선으로 날아가던 공이,

턱!

네트 상단에 부딪힌다.

―아아아아!

여기저기서 탄식인지 감탄인지 모를 소리가 쏟아진다.

'제발!'

듀스 코트를 향해 뛰어가고 있던 페더러는 완벽히 역동작에 걸린 상태다. 황당함을 품고 있던 그 눈에, 절망이 안개처럼 피어오른다.

퉁, 툭, 툭…….

"게임 셋, 매치……."

―끄아아아아아아!!

환호가 뭉치고 뭉쳐 비명처럼 들려온다. 심판의 말은 오늘따라 더 빨리 끊겼다.

힘이 풀렸는지 제자리에 주저앉은 영석이 멍하니 페더러를 주시하다가 하늘을 바라봤다.

울컥―

저도 모르게 뜨거운 덩어리가 목구멍까지 차고 올라왔다.

이상하게도 뜨거운 곳은 목이었는데, 코가 아리고 눈이 시렸다. 미지근한 액체가 눈꼬리를 타고 천천히 흘렀다. 시야가 뿌옇게 변하면서 아무것도 보이지 않게 됐다.

'……'

첫 우승을 했을 때는 부모님과 진희를 보며 눈물을 흘렸다. 수많은 관중들 중에 선명했던 것은 그들뿐이었다.

그리고 지금은… 이상하게도 영석 자신이 보였다.

끼릭―

차가운 소음이 어디선가 들려오는 것 같았다.

휠체어에 앉아 있는 익숙한 모습의 청년이 오른손으로 라켓을 쥔 채 환하게 미소 짓고 있었다.

*   *   *

세상이 뒤흔들렸다.

한 해에 두 명의 골든 슬래머가 탄생했다는 것, 그 선수들이 같은 나라의 선수라는 것, 그리고 그 두 사람이 부부라는 것……

―현실은 그 어떤 것보다도 드라마틱하다.

말 그대로 현실에서 일어날 거라 상상조차 못 해본 일이 실현된 것이다. 이제, 영석과 진희의 이름은 거의 전 세계 대부분의 사람들에게 깊이 각인되었다. 애거시와 그라프의 이름은 이제 유물이 되었다.

"…내 아들이라지만……."

이현우와 한민지는 영석을 앞에 두고도 어안이 벙벙했다.

어쩌다 보니 아들놈이 '세계 최초'의 대기록을 달성하게 된 것이다. 엄청난 취재 요청에 파김치가 되어버린 모습조차도 같은 인류가 아닌 것처럼 여겨졌다.

"……."

영석은 쓰게 웃었다.

피로로 인해 까맣게 죽어버린 낯빛이 안쓰러웠다.

"마음 같아선, 오늘 밤새도록 축배를 들고 싶다만… 다음으로 미루는 게 낫겠지?"

박정훈이 조심스럽게 김서영의 옆구리를 찌르며 물었다. 눈물 자국이 말라붙어 때처럼 보이는 얼굴을 하고 영석과 진희의 눈치를 살금살금 보는 모습이… 꽹장히 웃기면서도 애잔했다.

"아녜요. 기쁨은 시간이 지날수록 희석된다고 하잖아요. 저랑 진희도 낄게요."

영석이 빙긋 웃으며 말하자, 박정훈의 얼굴이 꽃처럼 피어났다.

"툭 치면 쓰러질 것만 같은데……."

이재림이 머리를 긁적이며 말하자 진희가 이재림의 등을 툭 쳤다.

"어허……! 주인공님이 가시자는데!"

"응? 왜 내가 주인공이야. 진희 너랑 내가 주인공이지."

영석이 천연덕스러운 표정으로 의아하다는 듯 묻자. 진희도 이재림처럼 머리를 긁적인다.

"극혐……."

이재림이 혀를 내두르며 방을 빠져나갔다.

한 편의 콩트 같은 상황에 일행 모두가 빙긋 웃었다.

＊ ＊ ＊

"고생했어."

"고생은 무슨……. 나만 힘든 것도 아니고."

세상에서 가장 은밀한 시간… 그것은 바로 부부의 시간이다.

영석과 진희가 한 침대에 누워 서로를 바라보고 있었다.

"다들 내일 멀쩡하려나……?"

어른들은 흥분이 가시지 않는지, 정말 아침까지 술을 마실 것처럼 위스키며 와인 등 각종 술을 꺼내놓고 미친 듯이 입으로 퍼붓고 있었다. 안주 담당인 이현우만 요리를 하느라 고생이었다.

'취하지 않아. 아무리 마셔도 취하지 않아.'라며 구름 위를 걷고 있는 듯한 얼굴로 연신 중얼거리던 최영태와 강춘수의 모습은 영석과 진희에게도 가벼운 충격으로 다가왔을 정도다. 모든 걸 내려놓은 사람들에게 느낀 것은 낯섦과 친밀감이었다.

"뭐, 하루쯤이야… 그분들도 푹 쉬어야지. 늘 우리 돌봐준다고 고생이시니……."

그렇게 영석과 진희는 한동안 이런저런 얘기를 나누었다. 영석은 눈꺼풀이 천근만근이었지만, 전혀 티를 내지 않았다. 진희가 중요한 기로에 서 있고, 어쩌면 오늘 그 얘기를 꺼낼지도 모르겠다는 생각이 들었기 때문이다.

"……."

그러나 진희는 조금 망설이는 듯했다.

피곤해 보이는 남편을 이대로 재워야겠다는 생각과, 하고 싶은 말을 꾹꾹 눌러 담아 답답했던 심정이 충돌을 일으키고 있는 것이다.

"우승하고 무슨 생각했어?"

영석이 푸근하게 웃으며 물었다. 손으로는 연신 진희의 머리를 쓰다듬고 있었다.

"…성취감. 그리고 성취욕."

진희는 주저 않고 답했다. 그러고는 영석이 말을 하기 전에 부연을 시작했다.

"널 따라서 테니스를 쳤고, 프로가 됐어. 우승도 하고 금메달도 원 없이 따보고… 이제는 더 이상 거대했던 열등감도 보이지 않아."

"……"

"내가 앞선다는 생각은 아직도 해보지 않았지만, 이젠 옆을 돌아보면 네가 있을 거라는, 그 정도의 자부심은 있어."

쓰다듬던 손길을 멈춘 영석이 진지한 눈으로 진희를 바라봤다.

"드디어 인생의 1부가 끝났어. 이제 2부가 시작되어야 할 거고, 차분히 3부, 4부를 설계해야 할 때야."

지금 이 순간 진희의 말은, 책 수천 권을 읽은 영석에게도 영롱하게만 들렸다. 자신의 인생을 두고 치열한 고민을 펼쳤다는 것이 고스란히 드러나는 진희는, 별처럼 반짝이는 것 같았다.

"나는 이제 아이를 낳을 거야. 그리고 그 아이에게 선수로서

G.O.A.T(Greatest Of All Time) 243

의 내 모습을 보여줄 거야. 우승했을 때 그 생각밖에 들지 않았어."

"…진희야."

전성기를 찍고 역사를 통틀어 가장 위대한 선수 중 한 명으로 올라선 지금의 진희에겐, 어찌 보면 비합리적인 선택이 될 수도 있는 길이다. 조금은 예상했지만, 영석은 이름을 부르는 것밖에는 아무런 말을 할 수 없었다.

"아직 어릴 때 아이를 낳아야지. 그래야 복귀도 여유롭게 할 수 있어."

"……."

영석은 문득 이런 생각이 들었다.

ー프로 선수가 출산을 택한다는 것은 굉장한 손해다. 그럼에도 아이를 낳고자 하는 것은 어떤 이유인가?

양가에서는 아이의 ㅇ자도 꺼내지 않는다.

세계 1위 아닌가. 평생 동안 그 지위를 만끽할 권리가, 진희에겐 차고 넘친다. 그 누구도 뭐라고 할 수 없을 일이다. 뭐라고 해서도 안 되고 말이다.

하지만 진희는 아이를 낳는다고 한다.

"미안해. 사실은 의논이라기보다 통보야. 아이를 낳는 것은, 선수가 아닌 한 인간으로서의 진화라고 생각해."

자신에게는 결코 손해가 아니라는 것을, 진희는 명백하게 밝혔다.

진희로서는 할 말이 더 많았다.

왜 아이를 낳고 싶은지에 대해서만도 10분 동안은 떠들어댈 수 있다. 하지만… 멍하니 있는 영석에게는 딱 한마디만 더 했다.

"너와 내 아이를 낳을 거야. 그게 지금의 내 사명이야."

영석은 두 눈을 살며시 감았다. 그러고는 작은 목소리로 답했다.

"…그래."

            *   *   *

"으아아아!!"

관중석에 앉아 있던 영석이 벌떡 일어나 거대한 포효를 터뜨렸다. 듬성듬성 자리를 채우고 앉아 아닌 척 영석을 힐끔힐끔 바라보던 많은 관중들은 졸지에 심장이 떨어져 내릴 정도로 놀라고 말았다.

"으아아아아아!!!"

영석의 포효에 호응하듯, 코트에선 어린 소년이 두 팔을 번쩍 들어 올리고 악을 지르고 있었다.

번쩍—

내리쬐는 빛살이 은색 철을 만나 눈부시게 반짝였다.

"형, 미안해. 동메달밖에……."

기쁨의 눈물을 줄줄 흘렸던 주제에, 태수는 능구렁이처럼 겸

양의 말을 떨었다.

"무슨 소리야. 최고의 성과다. 나도 만족해."

귀엽게 구는 태수의 몸을 번쩍 들어 올린 영석이 태수를 품에 안고 제자리에서 빙글빙글 돌았다.

"으어어어—!"

기괴한 소리가 나왔지만, 태수의 눈은 반달처럼 곱게 휘었다.

'기특한 녀석……'

처음 출전한 큰 대회에서 동메달을 땄다는 것은, 태수가 품고 있는 자질이 초일류라는 것을 뜻한다. 이제 십 대 중반 아닌가. 태수는 영석의 전생보다도 더 큰 선수가 될 수 있다.

그 묘한 감정을 느끼는 것은 영석에게도 큰 기쁨이었다.

*　　　　　*　　　　　*

2004. 11. 26.

드디어 시즌이 끝났다.

그 사실이 기쁜 것인지, 어쩐 일로 진희는 잠도 자지 않고 방긋방긋 웃고 있었다.

"집이다, 집. 이제 컨디션 관리 잘하고… 열심히 하늘을 봐야지."

"하늘?"

"별을 따야 할 거 아니야."

진희가 능청스럽게 웃으며 영석의 옆구리를 푹푹 찔러댔다.

영석은 쓰게 웃으며 눈에 들어오지도 않는 책을 읽는 척했다.

"아참, 춘수 씨랑 혜수 씨도 한 달 정도 쉬다 오세요."

"맞아맞아. 가족들이랑도 만나고, 소개팅도 하고 그래요."

강춘수와 강혜수는 각기 노트북을 바라보고 있다가 영석과 진희를 따뜻하게 바라보고는, 고개를 끄덕였다.

"감사합니다."

"나도 휴가 좀 주렴."

"저도요."

최영태가 뒤에서 불쑥 고개를 들이밀며 말하자, 이창진도 합세한다.

"당연하죠. 아주 푹 쉬고 호주 오픈 준비합시다."

모든 것이 훌륭하게 굴러가고 있다.

자연스럽게 일행의 얼굴엔 훈풍만 불고 있었다.

영석과 진희가 귀국을 한다는 소식은 이미 공식 일정으로 자리 잡은 상태다.

수백 명의 취재진은 물론이고, 구름 떼 같은 시민들로 인해 공항은 발 디딜 틈조차 없었다.

"회견장은 준비되었습니다."

조금의 피로가 남았지만, 영석과 진희는 기꺼운 마음으로 강춘수의 안내를 따랐다. 스포츠는 전쟁이 아니지만, 마치 개선 장군이나 느낄 법한 감동이 마음속에서 요동쳤다.

아주 잠시의 소란이 지난 후, 질문이 시작되었다.

"골든 슬램은 물론이고, 시즌 전승이라는 전무후무한 기록을 달성하셨습니다. 'G.O.A.T'라는 칭호가 두 분에게 붙었는데요, 기분이 어떠신지 한 말씀 부탁드립니다."

Greatest Of All Time. 줄여서 'GOAT'라는 이 단어는 역대 최고의 선수에게 붙는 칭호다. 영석과 진희는 각자가 ATP, WTA의 GOAT가 되었다. 그것도 공식적으로 말이다.

조금은 낯선 칭호가 기자의 입에서 나오자 그 자리에 있던 카메라맨들은 쉴 새 없이 셔터를 눌러댔다.

"역대 최고라……."

최영태가 아주 조용히 읊조렸다. 어디선가 시작된 이 칭호는, 단숨에 영석과 진희를 대변하는 단어가 되어버렸다. 그 전율의 과정은, 떠올리는 것만으로도 행복이었다.

*　　　　　　*　　　　　　*

퉁!

매치 포인트.

진희는 섬세하고 유려한 터치 감각을 통해 완벽하게 허를 찌르는 드롭샷을 선택했다.

끽!

이제 진희의 이런 플레이는 WTA선수들에게 가장 많이 연구되었기 때문에 익숙한 편이었다. 익숙하다고 반응할 수 있다는 건 아니지만, 최소한 세레나는 반응할 수 있었다.

퉁!

문제는 바로 하나.

세레나가 반응할 걸, 진희가 염두에 두고 플레이를 한다는 것이다.

적당히 넘어온 공을 그저 빈 공간으로 푹 찔러 넣으면 되지만, 진희는 그마저도 선택하지 않았다. 발리로 로브를 시전해 버린 것.

"……."

상대였던 세레나는 고개를 들어 높이 떠다니는 공을 보고는 고개를 절레절레 저으며 한숨을 쉬었고, 진희는 두 팔을 번쩍 들어 올리며 반짝반짝 빛나는 미소를 지었다.

쾅!

2003년의 가장 불행한 선수가 로딕이었다면, 2004년의 가장 불운한 선수는 페더러였다. 마지막의 마지막까지 기를 쓰고 몸을 움직였지만, 전율에 가까운 영석의 완전무결함은 무너지지 않았다. 불행을 마구 만들어내어 영광을 빚어내는 작업은, 너무나 압도적이었다.

―가장 훌륭한 서브.

―가장 훌륭한 몸.

―가장 훌륭한 정신.

―가장 훌륭한 지능.

상대적으로 무엇이 뛰어나고 무엇이 부족하다 같은 종류의 비교할 것도 없었다.

페더러의 감각, 로딕의 서브, 사핀의 신체… 별처럼 반짝이는 선수들의 가장 탁월한 면들을 한데 뭉쳐놓은 것 같은 영석은, 승리를 만들어내는 기계처럼 느껴졌다.

"……."

끝끝내 페더러는 매치 포인트에서 의욕을 잃고 말았다.

'태풍은… 맞서 싸울 수 없어.'

비참하지만, 최소한 2004년은 어쩔 수 없다.

페더러는 그렇게 마음을 먹고 비통한 마음을 누른 상태로 네트로 걸어갔다.

영석과 진희의 올해 마지막 우승, 왕중왕전이 그렇게 끝나고 2004년 시즌도 끝이 났다.

*　　　　　*　　　　　*

"예전엔 패배가 두렵지 않았지만, 점점 패배가 두려워집니다."

기자의 평범한 질문을, 영석은 평범하지 않게 답했다.

"그 어떤 승부사도 늘 이길 수는 없습니다. 쌓아 올린 것이 점점 견고해질수록 그것이 무너졌을 때의 충격은 크겠죠. 작년에 겪은 윔블던에서의 패배가 꼭 그랬습니다. 그렇다고 승리의 기회를 놓칠 수는 없습니다. 결국… 언젠가 다가올 고통이 무섭기 때문에, 초조한 마음으로 앞만 보며 이겨 나갈 예정입니다."

웅성웅성—

조금은 인간적이게 느껴졌을까.

살짝 수군대는 소리와 함께 카메라와 펜이 열심히 움직였다.

"세상에……."

대통령도 버선발로 나와 영석과 진희를 극진하게 대접했다
는 사실이, 청와대에 초청을 받아 눈이 돌아갈 정도의 고급 음
식을 먹었다는 사실이, 줄 수 있는 모든 훈장은 다 주고 싶다
는 대통령의 덕담이… 지금 이 순간 하얗게 지워져 버렸다.

"그런고로, 이제 할머니, 할아버지 될 준비하시면 됩니다요!"

진희의 폭탄선언 때문이다.

개구쟁이처럼 짓궂게 웃는 모습에서 오히려 성숙함과 철이
든 모습이 엿보인다.

"진희야. 다시 생각해 보면 어떨까? 너무 아깝잖아."

가장 처음에 말린 건 한민지였다.

아이를 낳겠다는데 시어머니가 가장 먼저 말리는 것이다. 그
것도 바짓가랑이를 붙잡을 정도로 애절하게.

"전혀요. 왜 아까워요? 나랑 영석의 애인데. 전 너무 기대돼요."

"운동은 잘하겠네."

오히려 진희의 모친이 가벼운 반응을 보였다. 누가 보면 주
워다 키운 딸 같이 느껴질 정도로 무덤덤했다.

한 편의 희극 같은 상황은 계속되었다.

"아니, 사돈. 너무 어리잖아요. 앞으로 살면서 즐길 게 얼마

나 많은데……."

"즐기는 것의 기준이 다르겠죠. 내 딸이지만, 전 그냥 제 기준으로 딸을 보지 않으렵니다. 지가 뭔가 뜻이 있으니까 그러겠죠, 뭐. 진정하시고 알아서 하게 둡시다."

한민지의 하소연에 진희의 모친이 대답을 했고, 묵묵한 편인 진희의 부친도 한마디 얹었다.

"그래. 내가 힘이 있을 때 손주 보는 게 좋지."

"뭐… 지금까지 자기들끼리 알아서 잘했으니, 이번에도 그러겠죠."

마무리는 이현우가 지었다.

그렇게 진희의 출산에 대한 포부는 순조롭게 넘어갔다.

"……"

이왕 진희의 의견을 따르기로 했기 때문에, 영석은 그 모습을 그저 부드럽게 웃으며 바라볼 뿐이었다.

*   *   *

"드디어 이 무대에서 만나는구나."

하얀색 모자, 평범한 칼라 티셔츠와 바지, 무난한 검은색 테니스화… 영석은 여전히 평범한 옷을 입고 경기를 뛰었다. 나이키와는 여전히 좋은 관계를 유지하고 있고, 바볼랏의 라켓 또한 꾸준히 사용하고 있기 때문에 영석의 시간은 멈춰 있는 것만 같았다.

그리고… 변하지 않는 것은 또 하나 있었다.

"……."

사람의 심장을 얼어붙게 만드는 서늘한 눈.

그 색이 옅어질 법도 하건만, 영석의 눈빛은 날이 갈수록 날카로워지고 있었다. 아직도 테니스라는 종목에서 무언가를 기대하고 있다는 방증이다.

"……."

영석의 기대를 한 몸에 받고 있는 밤톨 머리의 청년이 네트 너머에서 부리부리한 눈으로 영석을 꿰뚫듯 바라보고 있었다. 존경과 두려움, 그리고 이 두 가지를 덮을 호승심이 줄기줄기 뻗어 나온다. 그 빛의 영롱함 역시 영석에게 뒤지지 않는다.

노박 조코비치(Novak Djokovic).

후에, '무결점의 새로운 황제'로 떠오를, 절대 강자가 될 선수가 2007년 US 오픈 결승에서 영석과 만나게 되었다. 페더러와 나달만큼이나, 영석의 심장을 뛰게 만드는 선수다.

"이제야……."

역대급 선수가 모두 튀어나왔다.

페더러와 나달은 물론이고, 조코비치와 머레이도 이제 정상급 선수로 발돋움할 준비가 모두 끝났다.

호적수는 한 명보다 두 명이, 두 명보단 네 명이 더 좋다. 많으면 많을수록 테니스를 계속하게끔 만들어주기 때문이다. 영석은 그런 즐거움으로 투어를 돌고 있었다.

'이제 진짜 전쟁이지!'

아직도 마르지 않고 샘솟는 호승심에, 영석은 스스로가 기특했다. 그리고 짧게 스쳐 지나가는 과거와 마주했다.

*   *   *

2005년은 영석이라는 한 개인에겐 너무나 큰 축복이 연달아 일어난 해였다.

우선, 진희는 연말에 무사히 첫아이를 출산했다. 지구상에서 가장 재능이 넘치는 두 사람의 유전자를 듬뿍 물려받았을 게 분명한 그 여자아이는, '이수미'라는 예쁜 이름을 받았다.

"우리가 외동이잖아. 혼자는 외로울 수 있어."

별로 고생하지 않았다며, 진희는 둘째를 갖겠다고 성화였다.

모두가 간곡하게 뜯어말렸기에 조금은 휴식을 취했지만, 진희의 눈은 사냥감을 쫓는 맹수의 그것이었다. 물론, 그 시선은 영석에게 머물렀고 말이다.

—두 해 연속 캘린더 그랜드슬램.

그리고 영석이 일궈낸 또 하나의 업적이 세계를 뒤흔들었다.

골든 슬램을 이룩한 2004년에 이어 2005년도 투어를 돌며 단 한 번의 패배도 용납하지 않고 모든 우승 트로피를 들어 올린 것이다.

2년 연속 무패 행진과 2년 연속 캘린더 그랜드슬램은, 그 누구도 상상하지 못했던 위대한 업적이었다.

"그는 사람의 몸을 빌어 태어난 신이다."

"펠레, 마라도나, 마이클 조던… 세상엔 몇 개의 빛나는 별들이 있지만, 모두 이영석의 빛 앞에선 깜깜할 뿐이다."

2004년과 2005년에는 영석이라는 존재로 인해 지구상에서 '테니스'라는 종목이 가장 빛났다.

테니스 레전드 선수들은 물론이고, 수많은 종목의 톱 플레이어들 모두가 입을 모아 영석을 찬양했다. 마이클 조던은 직접 영석을 찾아와 축하를 하며 이런 말을 남겼다.

"우승은 언제든 할 수 있는 일이지만, 그 어떤 위대한 선수라도 일상에서 찾아오는 패배를 비켜갈 수는 없다."

2년 연속 무패를 하며 기록한 195연승은, 종목을 불문하고 '불가능의 영역'으로 보였다. 중요한 경기, 그렇지 않은 경기 상관없이, 상대가 누구라 하더라도, 자신의 몸 상태가 최악이어도 무조건 이긴다는 것의 위대함은, 위대한 선수들일수록 잘 알고 있었다. 특히나, 개인 종목이기 때문에 더더욱 사람들은 전율했다.

"……."

하지만 영석은 정신적으로 꽤나 몰려 있었다.

진희를 제외하면 아무에게도 약한 모습을 보이지 않았지만, 마치 빚을 지고 있는 것처럼, 마음이 무겁기만 했다.

그 상태를 시원하게 날려준 사건이 2006년에 세 번 발생했다.

2006년 호주 오픈 1회전.

영석은 조코비치를 만났다. 6 : 4, 6 : 2, 6 : 0으로 압살을 해 버렸지만, 조코비치의 역량은 분명 빛났다. 특히 1세트는 영석도 깜짝 놀랄 정도로 대단했다.

'2, 3세트는 체력 고갈이야. 할 의지도 없어졌겠지.'

과도한 긴장과 엄청난 집중력의 후유증일까. 조코비치는 무력하게 2, 3세트를 내줬다.

"난 네 정신을 탓할 생각이 없어. 혹시 자신의 신체 상태에 대해 잘 알고 있어?"

시합이 끝나고, 네트 근처에서 고개를 숙이고 서 있는 조코비치를 향해 영석이 말을 건네자 조코비치가 빛살과도 같은 속도로 고개를 쳐들었다.

"프로라면, 자신의 몸에 대해선 의사보다 잘 알아야지."

"……."

영석은 그 정도의 힌트만 던져주고 자신을 기다리고 있는 팬들을 향해 손을 흔들었다. 조코비치의 눈에는 황당함과 혼란만이 가득했다.

두 번째와 세 번째 사건은 '패배'였다. 그것도 두 명에게 패배를 당했다.

236연승을 향해 질주하고 있던 영석의 발목을 가장 먼저 잡은 파란의 주인공은, 라파엘 나달이었다.

프랑스 오픈(롤랑가로스) 4강에서 이재림을 만나 5세트까지

가는 접전 끝에 결승까지 올라온 라파엘 나달은, 영석과의 결승에서 자신의 무한한 가능성을 완벽하게 해방하며 3 : 2의 짜릿한 승리를 거뒀다. 영석은 이로써 235승에서 연승 행진을 멈출 수밖에 없었다.

최소한 클레이에서의 나달은, 영석의 모든 샷을 다 방어해냈다. 흙바닥에 막혀 조금의 손해를 감수하고 있는 영석의 입장에서 이길 수 있는 상대가 아니었다.

영석을 이긴 또 하나의 선수는 페더러였다.

2006년 후반기는 영석과 페더러 양강 구도를 보였다.

윔블던 결승에서는 영석이 승리를 굳혔고, US 오픈에서는 페더러가 우승을 하며 '혁명자'라는 별칭값을 톡톡히 해냈다.

비록 두 번의 패배를 당하며 네 개 중 두 개의 메이저 트로피만(?) 들어 올리게 된 해를 보냈지만, 영석은 오히려 기쁜 마음으로 2007 시즌을 준비했다.

물론, 진희는 출산 후 약 1년이 지난 다음에 그토록 바라던 둘째를 임신하는 데 성공했고 말이다.

*　　　　*　　　　*

'이 기분… 나쁘지 않아.'

회상을 끝낸 영석은 조코비치를 바라봤다.

조코비치는 영석의 말을 들은 바로 그날, 할 수 있는 모든 검사를 다 받아 결국 알아내고 말았다. 자신의 몸이 글루텐과는 맞지 않다는 사실을 말이다. 그러고는 거짓말처럼 페더러를 이기고 지금 영석 앞에 서 있었다. 길쭉한 팔 다리와 몸통, 한눈에 봐도 유연하면서도 강인한 근육임이 짐작되는 신체다.

극강의 방어력은 이미 나달과 비슷한 수준으로 평가받고 있고, 정교하면서도 위력적인 카운터는 독니처럼 위험하다.

'역대 최고를 논할 수 있는 네 명.'

머레이는 아직 부실하지만, 그건 멘탈의 문제지 역량의 문제가 아니었다.

전생에 이 네 명이 얼마나 위대했는지 누구보다도 잘 알고 있는 영석에겐 2007년에야 비로소 자신이 원하던 상황을 만들어내는 데 성공했다.

―각성을 한 천재들과의 숨 막히는 대결.

애거시, 사핀, 휴잇, 로딕……

위대한 선수들이었지만, 아무래도 영석에겐 '페나조머'로 대변되는 '빅4'가 더 와닿았다.

'연령도 맞고.'

전성기도 서로 맞물릴 것이다.

이것이야 말로 진정한 최고를 논할 수 있는 무대가 아니고 무엇일까.

아직, 스스로를 'GOAT'라고 여기지 않는 영석은, 이제부터가 스스로를 증명하는 시간이었다.

*   *   *

─한국이! 아니, 우리 한국이 정말로 이런 시간을 맞이하게 될 줄이야 누가 알았습니까!

─네. 올림픽이나 아시안 게임은 당연히 이영석 선수나 김진희 선수가 독식을 하니 잘 못 느끼셨을 수 있지만, 단체전에서 여기까지 올라온 것은 또 하나의 역사입니다!

─하물며 남자 복식은 이제 세계 1, 2위를 다투는 이재림─이형택 페어가 있지 않습니까. 그럼에도 이 무대는 의미가 큽니다!

해설과 캐스터는 아직 시합이 시작하지도 않았지만 목이 터져라 마이크에 대고 소리를 질러댔다.

─대~ 한민국!!!

관중석의 절반은 새빨갰다.

붉은 악마들이 마치 월드컵 경기를 보듯 일사불란하게 응원을 펼치고 있었다.

"내가 감독 노릇을 하는 동안 이런 일이 일어나고야 말았군."

김태진은 감동으로 인해 씰룩거리는 입가를 주체하지 못하고 선수들을 향해 말했다.

"하긴……. 이 자원이라면 당연한 일이지."

밥을 먹지 않아도 배부른 표정이 이 표정일까. 김태진은 자신 앞에 서 있는 선수들을 보며 함박웃음을 지었다.

─이영석, 이재림, 이형택, 고승진.

대표팀으로 합을 맞춘 지 몇 년이 흐른 2008년에 이르러서야 대한민국은 데이비스컵 정상을 향해 도전장을 낼 수 있게 되었다. 더 일찍 이룰 수도 있었지만, 부상이나 사정 등이 겹쳐 완벽한 드림팀을 구성하지 못했고, 이제야 완전한 상태로 모이게 된 대표팀은, 무서운 기세로 쭉쭉 뻗어 올라가고 있었다.

"감독님, 우시려면 우승하고 우세요."

세월이 지나도 철딱서니 없는 모습은 여전한 이재림이 김태진 감독에게 어깨동무를 하며 놀리듯 말했다. 하도 오랜 세월 동안 자주 보다 보니 이제는 아버지와 아들들 같은 관계가 되었기에 가능한 모습이다.

찰싹—

이형택이 이재림의 손등을 가볍게 때리고는 말했다.

"준비에는 문제없습니다. 정상에 한번 서보셔야죠. 저희가 모시겠습니다."

"…녀석……."

살짝 감동받은 것인지, 김태진 감독이 뭉클한 표정을 지었다.

분위기가 훈훈하게 물들려는 그 순간, 날카로운 소리가 감동을 마구마구 찢는다.

쉭— 쉭—

영석이 라켓을 꺼내 허공에 대고 빈 스윙을 하고 있었다.

"……."

네 명이 그런 영석을 물끄러미 바라보자, 영석이 어깨를 으쓱였다.

"이기고 합시다. 쟤네 무서워요."

"…그래. 네 말이 맞다."

김태진 감독이 수긍을 하고는 진중한 어조로 선수들과 전략을 논했다.

─아, 상대인 스위스 대표팀은 정말 강팀이죠?

─그렇습니다. 페더러와 바브린카라는, 우수한 선수들이 포진해 있는 이 팀은, 강호 스페인과 미국을 무찌르고 결승까지 올라온, 강력한 우승 후보입니다.

─우선 1단식에서는 이영석 선수와 페더러가 붙게 될 예정입니다. 아마도 서로가 가진 최고의 카드를 꺼내 들겠다는 의지로 보입니다.

─사실, 피해 가려면 얼마든지 피해 갈 수 있습니다만, 스위스의 입장에서도 그렇게 피할 수만은 없는 게, 복식은 이형택 선수와 이재림 선수거든요.

우와아아아아!!

둥! 둥!

관중석은 뜨겁게 달아오르기 시작했다.

1단식 시합이 시작된다는 신호와 함께 영석과 페더러가 코트에 들어섰기 때문이다.

'역시 재밌네.'

데이비스컵은, 이처럼 '테니스'라는 종목과는 어울리지 않는 응원 문화가 있어서 늘 신선했다.

그리고 크게 호흡하여 열정 가득한 응원을 폐부에 담은 영석이, 두 눈에 승리에의 욕망을 담아 페더러를 바라봤다.

"……."

페더러는 차분한 얼굴로 몸을 점검하고 있었다.

그 일상적인 모습에서, 영석은 어떤 '운명'을 느꼈다.

'늘 너를 만나는 곳은, 이런 좋은 무대구나.'

코트에서 영석의 바닥을 보이게 할 수 있는 사람은, 어찌 보면 아직까진 페더러가 유일무이하다. 아직 둘 다 이십 대. 앞으로 몇 년을 더 만날 수 있을지는 잘 모르겠지만, 긴 세월 동안 좋은 무대에서 끊임없이 붙어댈 거라는 건 확실하다.

쎄엑—

가볍게 왼팔을 휘둘러 본다.

데이비스컵 결승은 시즌 말미에 잡혀 있었어서 체력적인 문제는 조금 있지만, 컨디션은 나쁘지 않았다.

"또 한바탕 놀아보자."

나직하게 내뱉는 말 속에, 거대한 환희가 스며들어 있었다.

*   *   *

"살다살다 이런 걸 또 보는군요."

영석은 헛웃음이 나는지 똑같은 말을 몇 번이고 말하며 황당해했다.

"뭐 어때. 대접받을 만하니까 이런 것도 만들어지는 거지."

진희가 갓난아이를 안고 핀잔을 주었다.

'수'자 돌림으로, 이수혁이라 이름을 지은 둘째를 무사히 출산하는 데 성공한 진희는 서서히 복귀를 준비하고 있었다. 조각가가 세심하게 다듬어 놓았던 것만 같았던 근육은 이제 존재하지 않지만, 몸이 조금 두꺼워진 걸 제외하면 여전히 날렵해 보였다.

그새 조금 자란 첫째 수미는 한민지와 진희의 모친이 번갈아가며 안고 있었다.

"고작 몇 년인데……"

이제는 제법 자라서 두 발로 아장아장 잘 걸어 다니는 최승연의 손을 꼭 잡은 이유리가 믿기지 않는다는 듯 중얼거렸다.

"…이러다가 너희 종교되겠다."

최영태는 피식 웃으며 일행 앞에 광활하게 펼쳐진 코트를 바라봤다.

─이영석, 최진희 기념 코트.

새파란 하드 코트 열 면은 '하드'라는 칭호와는 다르게 발을 디디면 발목까지 푹푹 파묻힐 정도로 엄청난 품질을 자랑한다. 또 한쪽에는 대한민국 어디에서도 찾아볼 수 없는 클레이 코트가 자리하고 있었는데, '프랑스 오픈'에서나 만날 수 있을 것 같은 새빨간 코트는 엄청난 위용을 자랑했다.

'기념'이라고 하기에는 너무나 훌륭한 이 코트는, 전국 최대 규모의 유소년 테니스 대회가 매년 꾸준히 열릴 것이라고 한다.

하지만 그런 것쯤이야, 지금의 영석에게 당황을 주진 못했다. 영석의 시야는 특정한 곳에 머물러 있었다.

입구. 그 모든 것을 압도하는 두 동상이 코트 입구에 장식되어 있었다. 동상 밑에는 몇 회 우승이니 하는 업적이 깨알같이 빽빽하게 적혀 있었다.

"아직 우리 이십 대인데……."

영석의 말마따나, 아직도 둘은 새파란 이십 대다. 이런 낯 뜨거운 물건으로 기릴 정도는 아니라는 것이 영석의 생각이었다.

—방문해 주신 귀빈 여러분께 안내드립니다.

하지만 영석의 생각과 상관없이 준공식의 시작을 알리는 소리가 스피커에서 흘러나왔다.

2009년 시즌을 앞두고 있는 2008년 12월에 일어난 일이다.

*   *   *

"…네 엄마다."

관중석에 앉은 영석은 품 안에 수미와 수혁이를 앉혀놓고는 진희를 보며 말했다. 곰 같은 덩치의 영석이라 아이 둘을 안았음에도 품이 넉넉하게 남아 있었다.

아직 아이들과 그리 친하지 않은 못난 아빠인지, 아이들을 바라보는 눈빛이 혼란스러웠다.

"엄마?"

"마마?"

오히려 아비를 살갑게 대하는 쪽인 아이들은 반가운 얼굴이 보이자 호기심이 동했는지 꿈지럭대는 걸 멈추고는 코트를 바라봤다.

이제는 거의 현역 때의 기능을 회복한 진희의 몸은, 아이 둘을 가진 엄마라고는 상상이 되지 않을 정도로 날렵하고 굴강한 근육으로 뒤덮여 있었다.

2010년으로 예상했던 진희의 복귀는, 예상보다 앞당겨져 2009년 하반기부터 대회에 참가하는 것으로 시작됐다. 쉬는 동안 랭킹이 말할 수 없이 처참하게 떨어졌지만, 2010년에 랭킹 1위를 탈환하겠다는 다짐과 함께 투어를 시작한 것이다.

"으이구… 애비가 돼서 저 어색한 것 좀 보게. 임마, 난 네가 꼬물거릴 때 물고 빨고 난리도 아니었어."

둘 다 검사직을 때려치우고 변호사 개업을 선언한 이현우와 한민지는 1년씩 번갈아가며 투어를 따라다니기로 했다. 손주들을 돌봐준다는 명분이 생기자, 단 하루도 망설이지 않고 행한 일이다.

"요즘 진희 상태는 어때요? 전 애써 안 묻고 있는데……"

낯 뜨거운 얘기를 자랑스럽게 하는 이현우를 애써 무시한 영석이 당황한 티가 나는 목소리로 최영태에게 물었다.

지금은 참가한 대회는 신시네티 마스터스. 메이저 바로 밑의 큰 대회라 진희는 물론이고 영석도 참가하여 정신이 없는 상태다. 둘의 상태를 정확하게 파악하고 있는 건 최영태뿐이었다.

"몸을 봐선 괜찮을 거라 생각할 수 있지만, 빛 좋은 개살구지. 일단 투어를 완주하는 것은 상상도 못 한다. 체력이 절대적으로 부족해. 다시 복구하는 데 최소한 1, 2년은 더 잡아야 할 거야.

간헐적으로 메이저 대회 우승을 노려볼 순 있지만 말이야."

"음……."

영석이 침음을 흘릴 때, 아이들은 금방 영석의 품이 지루해 졌는지 병아리처럼 '할부지, 할부지!'를 외쳤다.

"으구, 내 새끼들. 그래, 이리 와라."

얼핏 봐서는 영석보다도 젊어 보이는 이현우가 어울리지 않 는 노인네 행세를 하며 아이들을 자신의 무릎에 앉혔다.

퉁, 퉁, 퉁…….

자잘한 소음들을 일거에 말소시키는 소리.

시합이 시작됨을 알리는 순간이 왔다. 칭얼대던 아이들이 신 기하게도 이 순간만큼은 집중을 하며 진희를 바라봤다.

'거참, 애 좀 오랫동안 안고 있지.'

코트에 있는 진희는 이미 자신의 가족들이 있는 곳을 보고 있었다. 어색한 표정의 영석이 아이들을 어려워하는 모습이 이 해되면서도 서운했다.

'잔소리는 나중에 하고… 집중!'

퉁!

강하게 공을 튕긴 진희의 눈에 오랜만에 귀화(鬼火)와도 같 은 새파란 정광이 어린다.

부드러운 구름처럼 뭉실뭉실 뭉쳐 있던 자애와 헌신, 그리고 행복이 거짓말처럼 사라지고, 처절할 정도의 승리에의 욕구가 차올랐다. '여자'라는 느낌이 사라지고 '전사'로의 전환이 순식 간에 일어난다.

휘릭— 쾅!!

제2의 시작을 축하하는, 진희만의 축포가 라켓 끝에서 거대하게 터졌다.

*　　　　*　　　　*

2012년 8월 어느 날.

—아… 이 모습을 또 보게 됩니다.

—2004년의 감동이 또다시 찾아올까요? 2008년에도 이영석 선수는 단식 금메달을 획득했지만, 김진희 선수가 출산으로 선수 생활을 못 했었거든요! 8년! 무려 8년 만에 우리는 두 선수를 다시 만나게 됐습니다. 그때도 전 이 자리에서 해설위원님과 함께 중계했었죠.

—네. 두 선수는 그 오랜 기간 동안 여전한 모습이었습니다. 이번에도 어김없이 두 선수는 런던에서도 단식에서 금메달을 땄습니다. 이제 혼합복식만 남아 있죠.

—오늘 상대는…….

캐스터와 해설자가 감격 어린 목소리로 말을 주고받았다.

이제는 자신들의 이름을 테니스라는 종목 위에 놓고 있는 영석과 진희에 대한 찬미가 그칠 줄을 몰랐다.

"8년 만이네."

한국 나이 29세, 만으로는 27세.

진희는 여전히 햇살 같은 미소를 머금고 신이 난 듯 제자리에서 폴짝폴짝 뛰며 영석에게 말을 건넸다.

"……."

그 모습을 바라본 영석은 가슴속에서 찌릿한 무언가가 느껴져, 순간적으로 말을 잃었다.

'여전히… 넌 여전하구나.'

사랑스러운 모습은, 여덟 살 때나 지금이나 변함이 없었다.

마음속으로 떨리는 대답을 대신한 영석은 이내 빙긋 웃으며 물었다.

"컨디션은 어때?"

"아줌마 파워 몰라?"

진희가 능청스럽게 팔을 들어 올렸다. 여기저기 길을 만들고 있는 근육의 결이 아름다웠다.

"아줌마는 무슨… 아직도 예뻐서 애 같은데……."

"헐씨구. 애늙은이 같은 소리는 정말 질리지도 않고 매일매일 하네?"

말과 다르게 진희는 얼굴에 홍조를 띠고 있었다. 이런 큰 무대에서 자신의 반쪽과 함께 경기를 치른다는 것 자체가 행복했기 때문이다. 함께한 세월이 얼마가 됐든, 아이를 몇 명이나 낳았든, 이 설렘은 결코 희석되지 않았다.

"그러고 보니, 애들은 처음이겠지?"

꼬물거리지 않고 이제는 여느 아이들처럼 혼자서 옷도 잘 갈아입는 수미와 수혁은 한민지와 함께 관중석에 앉아 있었다. 질리지도 않는지, 언제나 제 부모의 경기엔 놀랄 정도의 집중력을 발휘하는 아이들이었다.

"여기서 금메달 따는 거 보여주면… 내 인생 2부도 끝. 3부
는 아름다운 은퇴, 4부는 아이들을 결혼시키는 것."

언제나 그렇듯, 진희는 느닷없이 중대사를 펑펑 선언했다.

"그래. 이제는 그 인생 4부작에 나도 껴야겠어."

영석은 당황하지 않고 차분하게 답했다.

"으잉? 어? 이 끼어들기는 다, 당황스러운데?"

진희가 눈을 동그랗게 뜨고 답하는 모습을 본 영석이 유쾌
했는지 웃음을 터뜨렸다.

"뭘 당황스러워. 잘 의논하면 되지."

"그래, 그래. 오늘도 잘 부탁드립니다요, 남편님."

탁—

쾌청한 하늘.

라켓을 들어 가볍게 부딪친 둘이 각자의 자리로 천천히 걸어
갔다.

*   *   *

2016년 6월.

영석을 과거로 돌아가게끔 만들었던 그 해가 무심하게 찾아
왔다.

푸른 잔디가 시원하게 다가오는 윔블던 센터 코트는, 그 어
느 때보다도 뜨거운 열기로 인해 자글거리고 있었다.

칙, 칙!

치익!

"헉… 헉……."

급격한 가속과 정지의 연속.

테니스화의 밑창과 심하게 마찰이 일어나 잔디 끝이 타들어가는 것 같은 착각이 들었다. 아니, 선수들 본인들에게는 그 비릿한 냄새가 확연히 느껴질 것이다.

그리고 이 작고도 위대한 소음은 지금 이 순간을 지켜보고 있는 수백만 명의 사람들의 뇌리에 천둥처럼 몰아쳤다.

"스읍."

온몸이 흠뻑 젖어 보기에도 괴로울 정도인 영석이 숨을 잠시 멈추고 찰나의 순간을 위해 온 정신을 집중했다.

후드득 땀방울이 떨어지는 소리도, 속눈썹에 맺힌 땀도 이 순간만큼은 방해되지 않았다. 뜨거우면서 차가운, 완전한 긴장이 안광으로 쏘아진다. 몸에서 발산되는 어스름한 열기가 오라처럼 흐느적거린다.

후웅―

팽팽하게 긴장된 근육이 꿈틀거리고 아름다운 곡선이 그려졌다.

펑!!!

공이 짓눌렸다가 튕겨 나간다.

페더러에게 쏜살같이 날아간 공은 순식간에 떨어진다.

쿵 소리가 났을 거라 착각할 정도로 공은 맹렬하게 떨어졌다가 다시 튀어 오른다. 형광색의 작은 공은 삐죽 나온 솜털을 보이지 않겠다는 듯, 강하게 짓눌렸다가 총알처럼 앞으로 나아갔다.

바운드가 거의 없다고 느껴질 정도의 완벽한 직선 궤적.

그러나 페더러는 이 지긋지긋한 공에 10년이 넘도록 고통받았었다. 그만큼 익숙했고, 지구상에 그 누구보다도 잘 받아낼 자신이 있었다.

꿈틀—

허벅지가 크게 부풀어 오르며 굳건하게 땅을 밟고 몸을 지탱한다.

완벽하게 자세를 낮춘 페더러는 가볍게 라켓을 휘둘렀다. 필요한 것은 타점과 타이밍. 힘은 필요가 없었다.

펑!

'고마운 놈.'

그 익숙하면서도 감탄이 절로 나오는 아름다운 샷에, 영석은 기어코 가벼운 웃음을 짓고 말았다.

이제는 서로 늙어 은퇴라는 단어를 한 번쯤은 떠올릴 법한 시간.

2003년부터 시작된 인연이 2016년까지 이어지는 동안 영석과 페더러는 수많은 대결을 펼쳤었다. 나달과 조코비치는 조커가 되어 영석과 페더러에게 기습을 날리는 구조가 꽤나 길게 이어졌다.

네 개의 메이저 트로피 중에 프랑스 오픈은 나달이 거의 독식했다.

글루텐 프리 식단으로 병을 다스린 조코비치는 잔디에 약한 모습을 보이며 호주 오픈과 US 오픈에서 1년에 하나씩은 트로피를 가져갔다. 남은 하드 코트 한 곳과 윔블던은 영석과 페더러의 무대였다. 영석이 결승전 최다 진출을 기록하고 있었고, 페더러가 그 뒤를 바짝 쫓고 있었다.

그마저도 2014년부터는 어려웠다.

영석의 거대한 몸은, 가장 먼저 세월의 풍파를 겪게 만들었다. 1년 내내 투어를 도는 것은 거의 불가능해졌다. 거기다가 간헐적으로 대회를 참가하다 보니 감각이 날카롭게 벼려지지 않았다. 이 악순환이 계속해서 영석의 역량을 갉아먹었다.

─왕권 교체.

자연스럽게 영석의 시대가 저물고 있는 것처럼 느껴졌다.

누군가는 20회가 넘는 메이저 우승 기록을 보유한 영석이 빨리 퇴장했으면 좋겠다고 생각했고, 누군가는 자신들의 황제가 겪는 익숙지 않은 패배에 가슴을 치며 안타까워했다.

부상으로 시즌 아웃된 2001년 이후, 2015년은, 처음으로 영석이 메이저 대회에서 한 번도 우승을 하지 못한 해가 되었다.

이곳저곳에서 '아름다운 퇴장'을 운운했지만, 영석은 다르게 생각했다. 아름다운 퇴장이란, 선수 본인이 아무런 여한이 없어야 했고, 영석은 스스로를 믿었다. 아직은 은퇴를 결정하기엔 일렀다.

'그리고 난 이렇게 다시 이 무대에 섰지.'

촤악!

아직도 빠른 발은 영석의 거구를 순식간에 공 앞에 두게끔 만들었다.

쎄엑—

날카롭기 그지없는 스윙이 공간을 허물어뜨렸다.

쾅!!!!

쏘아진 공은, 대기를 헤엄치며 사방으로 '미련'을 비산시켰다.

쾅!

펑!

그렇게 대포 소리를 내며 몇 번의 랠리가 이어졌고, 승부는 났다.

페더러는 주저앉고, 영석은 두 팔을 번쩍 치켜들었다. 정상적인 호흡이 어려울 정도로 힘들었지만, 포효는 길게 이어졌다.

"아아아아……!!"

숨이 가빠서, 땀이 들어가서 흐린 줄만 알았던 광경이 아예 희고 뿌옇게 번졌다. 턱 언저리에서 땀보다도 뜨거운 눈물이 방울져 바닥으로 툭툭 떨어졌다. 귀로는 사람들의 폭발적인 환호성이 끝없이 날아와 파고들고 있었다.

수없이 겪었을 감격과 환희지만, 여전히 처음인 듯, 정수리부터 발바닥까지 강렬하게 몸을 휘돌며 환희를 잉태했다.

"……"

끝이 보이지 않던 까마득한 여정이었다.

그 끝에 무엇이 있었는지 드디어 확인해 볼 수 있는 시간.

푸르른 코트에 광대하게 쏟아지는, 햇빛이 눈부신 이 무대에서 영석은 비로소 확인할 수 있었다.

　ー자존(自存)의 확신.

　살아가고 있음을, 인생의 머리 꼭대기에 서서 삶의 여정(旅程)을 똑바로 지켜보고 있었다는 것을 확인하는 것. 그리고 그로 인한 안도(安堵)를 허락하는 것.

　"고생했다."

　평온을 품어 축축하게 젖은 목소리가 바람처럼 새어 나왔다.

　"게임 셋 매치 원 바이 이영석. 카운트 3ー6, 6ー1……."

　어쩐지 오늘 따라 심판의 선언이 길게 들린다고 생각한 영석은, 바스락거리는 햇살을 만끽하며 눈부신 미소를 지었다.

외전
이재림의 도전

"제기랄⋯⋯."

몇 번이고 겪어 이제는 익숙해졌을 거라 생각했지만⋯ 패배의 아픔은 이재림의 속을 사정없이 긁었다. 손톱에 유리 가루를 발랐는지, 마음이 피를 흘리는 와중에도 따끔따끔했다.

—호주 오픈 본선 4라운드 탈락.

2016년 호주 오픈에서의 성적이다.

상대는 '차기 황제'로 거론되고 있는 선수 중 한 명인 노박 조코비치였다.

'이기지 못할 상대는 아니었어⋯⋯.'

이재림의 세계 랭킹은 6위. 3위의 조코비치와는 정말 숨결 한 번의 차이 정도밖에 존재하지 않았지만, 그 차이가 때로는 감당할 수 없는 절벽이 되어 절망을 선사한다.

꼬옥—

옆에 앉아 있던 여자가 이재림의 손을 잡았다.

"후회는 짧고 굵게. 하루를 넘기면 그건 후회가 아니라 절망이야."

"…응."

새파란 눈동자, 산등성이에 쌓여 있는 만년설처럼 흰 피부를 자랑하는 이 금발의 아름다운 여자는, 이재림의 반쪽이 된 '루나'였다.

'이제… 나도 늙었어. 후회는 길어지고, 기쁨은 짧아질 나이야.'

이재림은 애써 웃음 지으며 말을 아꼈다.

*   *   *

"야."

"왜."

부부 동반으로 식사를 하고, 여자들이 수다를 떨러 가자 이재림이 영석을 불렀고, 영석은 언제나처럼 무뚝뚝하게 답했다.

"아프냐?"

"아니."

쉽게 물어보는 것 같지만, 담긴 의미가 많다는 것은 말하는 이재림은 물론이고 영석도 알고 있었다.

"난 힘들다."

"……."

"무릎도 완전히 걸레짝이고, 자꾸 편해지고 싶다."

영석과 진희, 이재림은 서로에게 자신의 마음을 숨기지 않는다. 친구 이상의, 가족과도 같은 셋은 늘 정신적으로 서로를 보듬어준다. 이재림이 이렇게 술자리에서나 나올 법한 솔직한 말을 내뱉는 이유다.

"나도 이제 잘난 듯이 설교는 못 한다."

영석의 답에 이재림은 가슴이 아렸는지, 미간을 찌푸렸다.

만으로 서른.

내구성이 특별한 신체가 아닌 이상, 톱 프로의 세계에선 하염없는 내리막길을 걸을 시기다. 그것도 테니스같이 개인의 역량에 모든 것이 집중된 종목은 더욱 빠른 속도로 내려오게 마련이다. 2015년 메이저 대회 무관에 그친 영석은, 평소 너무나 위대했기에 하향이 더 돋보였고 말이다.

자신의 친구이자 마음속의 신으로 자리하고 있는 영석이 덤덤하게 '예전 같지 않은 상태'임을 말하자 이재림은 답답함이 목구멍까지 차올랐다.

─최근 10년 동안 메이저 대회 5회 우승(호주 오픈 1회, 프랑스 오픈 2회, US 오픈 2회).

이재림의 메이저 대회 커리어였다. 물론, 단식이 아닌 복식에서의 성과다.

이재림보다 나이가 훨씬 많은 이형택은 진즉에 은퇴를 했다.

그때부터 이재림은 복식에서 눈을 떼고 단식에 집중했다.

…그리고 2016년이 된 지금까지 단식에서 메이저 대회 우승컵을 들어 올린 적은 단 한 번도 없었다.

"이렇게 끝을 낼 순 없어."

부족한 감각과 재능을 대신하여 열심히 일한 무릎은 20대 후반부터 말을 잘 안 듣더니 기어코 작살이 나고야 말았다. 어깨와 팔꿈치는 잘 때마다 쑤시고, 발가락은 제대로 굽어지지도 않는 것 같다.

그럼에도 가슴은 뜨겁고 아프다. 한여름에 42.195㎞를 달리고 물을 찾는 이처럼, 온몸의 세포들이 갈증으로 인해 허우적댔다.

*　　　　*　　　　*

"삼촌."

"응."

"우리 아빠 떨어졌어."

수미가 잔뜩 찌푸린 얼굴로 투덜대자 이재림이 쓴웃음을 지었다.

"네 아빠가 어디 보통 사람이냐. 곧 또 우승한다. 걱정 마라."

"응."

수미는 이재림을 바라본 상태로 두 팔을 번쩍 들어 올렸다. 안아달라는 신호다. 이재림이 익숙하다는 듯 자연스럽게 안아

올리자 수미가 펑펑 울기 시작했다. 옆에 있어 덩달아 안긴 수혁도 눈물을 흘리며 울어댔다.

"으구… 괜찮아, 괜찮아."

아이들을 토닥이는 이재림의 눈이 새파란 광망으로 번득였다.

2016년 프랑스 오픈 결승.

"…마지막 기회군."

이재림이 네트 너머에 있는 나달을 바라보며 이를 바득바득 갈았다.

피차 피로로 고생을 하고 있는 상태. 그러나 이재림에겐 한 줄기 위안이 있었다.

'영석이랑 풀세트로 붙었으니… 신경이 녹아버렸겠지.'

2016년 프랑스 오픈은, 그야말로 처절했다. 빛나는 것은 오로지 나달뿐이었다.

페더러와 조코비치는 본선 3라운드 만에 둘 다 떨어지고 말았다. 영석은 4강에서 나달을 만나 풀세트 접전 끝에 패배했다. 나달은 4강까지 무실 세트로 올라왔으나, 영석을 만나 영혼의 바닥을 긁으며 간신히 살아남았다.

—나달과의 상대 전적 12승 21패.

초라하면서, 한편으로 위대한 상대 전적을 보유한 이재림이 이제 결승에서 나달을 만나게 되었다.

*　　　　　　*　　　　　　*

쾅!!

촤촤촤악!

촤악!

쾅!!

―동일한 타입의 선수가 한 코트에서 대결을 펼치면 어떻게 될 것인가.

테니스 역사상 가장 훌륭한 톱스핀을 구사할 수 있는 두 선수의 대결은, 위와 같은 궁금증을 완벽하게 해소해 주었다.

'제길……'

하지만 이재림은 이를 악물고 코트를 누비고 있었다.

'역시… 나보다 나아.'

누군가는 비슷하다고 할 수 있지만, 나달은 명백히 이재림보다 한 수 위였다.

쾅!

톱스핀도 미묘하게 나달이 더 RMP(분당 회전수)이 높다.

촤촤앗!

발의 속도는 비슷했지만, 키가 더 큰 나달이 미묘하게 더 빨랐다.

튕!

…그리고 결정적으로, 나달은 감각적인 재능이 이재림보다는 나았다. 그게 메이저 대회 단식 6회 우승과 0회 우승의 차이였다.

"……."

그럼에도 이재림은 승리를 꿈꿨다.

푸르게 빛났던 이재림의 눈빛이 조금씩 군청색으로 어두워지고 있었다. 그리고 위험하게 빛났다.

*   *   *

웅성웅성—

4세트가 끝나고 5세트에 앞서 잠시 쉬는 시간. 관중들은 기묘한 광경을 보고 웅성거렸다.

'앉으면 안 돼.'

이재림이 벤치에 앉지 않고 서서 음료를 마시고 있었기 때문이다. 볼키즈는 애써 침착한 표정으로 이재림의 옆에 서서 큰 양산을 들고 있었다.

덜덜—

오금이 조금씩 저리기 시작했는데, 이제는 무릎까지 시큰거렸다.

'아, 비참해라.'

이제는 헛웃음만 나올 정도다.

'이래서 나달은… 짜증이야.'

나달과 이재림은 열 번 붙으면 그중 아홉 번은 풀세트 접전이다. 서로가 서로의 전략을 너무나도 완벽하게 이해하고 있기 때문에 이런 일이 발생하는 것이다.

문제는 5세트.

거기서 실력 차이가 나온다. 나달에게 꽤 많은 승리를 거둔 이재림이었지만, 결승에서는 거의 다 졌다.

'필요할 때 실력 이상의 것을 발휘할 수 있는 사람… 이라는 거지.'

그게 가능한 사람은 뭔가 다르다고 생각했다. 최소한 자신을 보통 사람이라고 생각했던 이재림은 그렇게 여겼다.

하지만 오늘은 그래서는 안 됐다.

'온몸이 바스러져도……'

다리에서 힘이 풀릴수록 투쟁심은 날카로워져만 갔다.

—뚜둑!

무릎에서 기어코 단말마(斷末魔)의 비명을 지르는 소리가 들렸다.

촤악!

하지만 이재림은 개의치 않았다.

'어두워.'

마치 밤에 경기를 하는 것처럼, 사방이 어두웠다. 선명한 것은 나달과 공, 그리고 네트뿐.

쾅!

나름대로 힘을 줘서 휘두른 라켓에 공이 강렬하게 튕겨져 나갔지만, 어느 정도의 힘이 들어갔는지 도무지 알 수가 없었다. 그저 허우적대는 느낌이었다.

'…감각이 없군.'

몸은 움직이는데, 당연하게 느껴져야 할 물리법칙들이 사라지고 말았다.

'그럼 코스 조절은 어떻게 하지?'

잠시 당황했지만, 웃기게도 '괜찮다'는 생각이 들었다.

공을 보고, 타점을 잡고, 팔을 휘둘러 때려내는 일련의 행위가 스트로크였는데, 사실은 머릿속으로 시뮬레이션해 볼 수 있는 일이다. 자신의 몸으로 조정하려는 생각만 버린다면, 이것만큼 간단한 일이 없다.

이러한 점을 깨달은 순간, 다시 세상이 정상적으로 돌아왔다.

촤촤촤악!

퉁!

나달의 환상적인 패싱샷을 꿰뚫고는 발리로 끊어먹은 것은 바로 그다음에 벌어진 일이었다.

*　　　　　*　　　　　*

'이 나이에 깨닫다니……'

듀스 코트에서 매치 포인트를 준비하고 있는 이재림의 얼굴은 딱딱함 속에 한 줄기 미소를 품고 있었다.

감각의 해방을 처음 느낀 여파는 컸다. 몸에 가하는 부담이 줄어들자, 테니스 자체가 한결 쉬워진 것이다. 하지만 너무 늦었다. 활용할 수 있는 날이 너무 적었다.

"……."

그럼에도 이재림이 웃을 수 있는 것은, 마지막 기회를 놓치지 않을 수 있겠다는 확신이 들어서이다.

(3 : 6, 5 : 7, 6 : 4, 6 : 4, 6 : 5)

전광판엔 땀 냄새와 피 냄새가 섞인 처절한 스코어가 나열되어 있었다.

통, 통…….

방심은 안 하고 있지만, 확신이 가득한 머릿속은 너무나 평온했다.

쾅!

그리 빠르지 않은 서브가 둔탁한 소릴 내며 바운드되더니 훌쩍 뛰어올랐다.

훙—

그 어떤 선수보다도 선명한 근육의 결을 가진 나달의 양팔이 크게 부풀어 오르며 꿈틀댔다.

쾅!

스트레이트로 뻗어온 공은, 회전이 적고 강한 공이었다.

촤악!

하지만 이재림은 이미 그 공을 예상했다. 아니, 유도했다고 보는 것이 맞다.

쾅!

이재림의 양팔도 불끈거리며 굉음을 토해냈다. 코스는 크로스. 왼손잡이인 나달의 포핸드가 기다리고 있는 곳이다.

'너무 예리하면 저 인간은 러닝 포핸드로 응수해. 그러니까 적당히 멈춰서 휘두를 수 있는 곳에……'

타점 조절을 통해 코스를 설정하는 과정이 새롭고 신기했다. '막연한' 느낌이 아니라 마치 계산기에 숫자를 기입하는 것처럼 명쾌했다.

쿵!

정확히 원하던 곳에 공이 떨어지자 이재림이 우측으로 뛰려는 모션을 취했다.

쾅!

그러나 벼락처럼 반응한 나달이 공을 크로스로 보냈다. 역동작을 노린 것이다.

쿵!

떨어진 곳은 서비스라인 아웃 라인 위.

이재림이 스트레이트를 못 치게끔 만드는 선택이다.

좌악!

강하게 땅을 박찬 이재림이 몸을 재빨리 멈추고 공을 쫓아 움직였다.

간단한 페이크와 그 페이크를 알면서도 응하는 과정이 현란하게 펼쳐졌다.

쾅!

이재림이 강하게 양팔을 휘둘렀다.

쉬익—

코스는… 놀랍게도 스트레이트였다.

촤촤촤촤악!

나달의 발이 급하게 움직인다. 엄청난 속도로 달리는 그 모습이, 영락없는 황소다.

탓! 타다다다!

이재림은 지금이 승부수를 띄워야 될 때라고 판단하고 네트로 달려 나갔다.

'넌 굳이 스트레이트를 또 보내겠지.'

이재림 자신은 저런 상황에서 스트레이트를 못 보낸다. 하지만 나달은 보낼 것이다. 보낼 수 있는 선수라면 보낸다. 그게 '정답'이니 말이다.

쾅!

또다시 백핸드가 웅혼한 소리를 내며 작렬했다.

코스는… 스트레이트다.

"큭!"

예상보다 더 날카로운 스트레이트.

신음을 토해내며 왼쪽으로 붕— 날은 이재림이 팔을 쭉 편다.

퉁!

라켓에 맞은 공이 나달의 애드 코트를 향한다. 완벽하게 오픈 스페이스를 찔렀지만, 공이 생각보다 무뎠다.

훅—

재빨리 몸을 일으킨 이재림이 다시 가운데로 몸을 이동하는 그 순간, 나달은 또다시 황소처럼 돌진하기 시작했다.

'…빠르네.'

이재림의 머릿속에서 다음 상황이 시뮬레이션되기 시작했다.

'버키 윕 샷.'

러닝 포핸드를 기괴할 정도의 회전을 실어 때리면 공은 크게 휘어서 코트를 벗어났다가 다시 코트 안으로 들어온다. 나달의 전매특허다.

'일단 할 수' 있는 한 발리로 끊어야 해. 그게 안 되면 다음 포인트를 노린다.'

콰앙!!

이재림의 예측대로 나달의 왼팔이 큰 원을 그리며 공을 강타했다.

휘익―

'아웃이다!'

우측으로 크게 몸을 던지고 팔까지 뻗었지만, 공은 심판석 뒤로 돌아갔다.

털썩―

'……'

이재림은 땅에 넘어지고도 고개를 들어 끝까지 공을 바라봤다.

심판석 뒤로 넘어갔던 공이 마법처럼 휘어 다시 코트로 진입하려 했다.

쿵!

공이 마침내 떨어졌다.

누운 상태에서 봤을 때는, 아웃인지 인인지 판단하기 어려운 공.

"아웃!!"

부심이 크게 외치고 경기장이 들썩거렸다.

나달이 항의했지만, 어쩔 수 없는 노릇이다. 프랑스 오픈은 아직도 '호크 아이'가 적용되지 않아 챌린지를 시도할 수 없기 때문이다.

"후우우우우우……."

곧이어 해일처럼 몰아치는 환성과 함께 이재림은 온몸에서 힘이 쭉 빠져나가는 것을 느꼈다.

턱—

라켓을 지팡이 삼아 몸을 일으키고는, 관중석을 쭉 둘러봤다.

"……."

아내와 부모님이 보이고, 최영태도 보이고, 진희와 함께 앉아 있는 수미와 수혁도 보였다.

하지만 이재림의 눈은 딱 한 곳에 고정되어 있었다.

"……."

바로 영석이었다.

"하하……."

그리고 영석은 어울리지 않게 눈물을 주룩주룩 흘리며 일어나서 이재림에게 소리 지르고 있었다. 그 모습이 이재림의 심장을 참으로 아프게 했다. 기쁨의 박동으로 인한 고통이다.

'이제야…….'

나달과 악수를 한 이재림은, 그제야 가슴 가득히 차오른 환호를 터뜨렸다.

―메이저 대회 단식 첫 우승.

말로 표현할 수 없는 감격이 끝없이 솟아났다.

『그랜드슬램』 완결

후기

드디어 끝이 났습니다.

최근 한 달은 완결을 앞두고 있었기 때문에 마음이 혼란스러웠습니다.

마치 아이처럼 안절부절못하고 잠도 잘 못 자는 그 마음은, 미숙한 제가 글로 표현할 수 없는 그런 마음이었습니다.

〈그랜드슬램〉은 저 개인의 만족을 위해 시작했던 글이었습니다.

─세상에서 가장 완벽한 테니스 선수를 보고싶다!

이 욕구를 충족시키기 위해 써본 적도 없는 소설을 쓰기 시작했고, 운이 좋아 꽤 많은 분들이 응원해 주어 출판사와 계약을 하고 지금까지 달려올 수 있었습니다.

한편으로는 무서웠습니다.

'내 판타지에 공감을 해줄 수 있는 분들이 있을까?'라는 두려움 때문이었는데요, 다행히 끝까지 저를 응원해 주신 가족과 제 반쪽, 그리고 독자분들 덕분에 무사히 끝을 낼 수 있었습니다.

〈도서출판 청어람〉의 이창진, 최지원, 김슬기 편집자님께도 많은 감사를 드립니다.

글을 쓰게 되며 제 인생은 꽤나 많은 부분에서 변화하게 되었습니다.

스스로를 파헤치다 보니 30년을 살아왔던 지금까지의 제가 낯설기도 했고, 망망대해에 홀로 떨어진 것처럼 두렵기도 했습니다. 글을 쓰기 전의 저와, 쓰고 난 후의 제가 너무나 달라 이질감이 들기도 했습니다.

하지만 좋은 방향이든, 그렇지 않든 변화는 시작됐고 저는 기꺼이 그 변화를 따를 마음을 품게 되었습니다.

앞으로도 글은 계속 쓸 겁니다.

저라는 사람이 지니고 있는 '콘텐츠'는 아직도 많다고 생각합니다. 이 콘텐츠들이 다 소진될 때까지, 저는 계속해서 여러분과 인사를 나눌 겁니다.

지금까지 감사했고, 앞으로 잘 부탁드립니다.

—자미소 올림

초대형 24시 만화방

신간 100%, 샤워실, 흡연실, 수면실(침대석), 커플석, 세탁기 완비

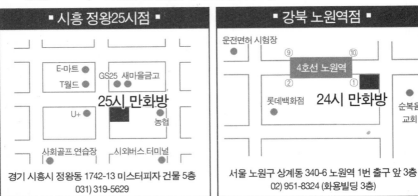

■ 시흥 정왕25시점 ■

25시 만화방

경기 시흥시 정왕동 1742-13 미스터피자 건물 5층
031) 319-5629

■ 강북 노원역점 ■

24시 만화방

서울 노원구 상계동 340-6 노원역 1번 출구 앞 3층
02) 951-8324 (화용빌딩 3층)

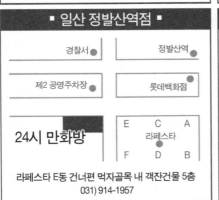

■ 일산 정발산역점 ■

24시 만화방

라페스타 E동 건너편 먹자골목 내 객잔건물 5층
031) 914-1957

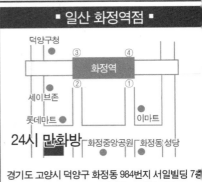

■ 일산 화정역점 ■

24시 만화방

경기도 고양시 덕양구 화정동 984번지 서일빌딩 7층
031) 979-4874 (서일사우나 건물 7층)

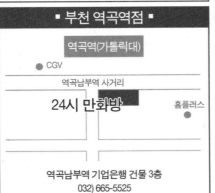

■ 부천 역곡역점 ■

24시 만화방

역곡남부역 기업은행 건물 3층
032) 665-5525

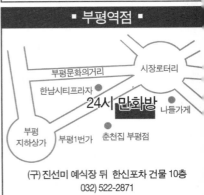

■ 부평역점 ■

24시 만화방

(구) 진선미 예식장 뒤 한신포차 건물 10층
032) 522-2871